切课

女 著

文鼎中原

河南省作家协会
重点作品
扶持项目

郑州大学出版社

河南文艺出版社

图书在版编目(CIP)数据

功课 / 黑女著. — 郑州 : 郑州大学出版社 : 河南文艺出版社, 2021.1 (2024.6 重印)

(文鼎中原)

ISBN 978-7-5645-7567-0

Ⅰ.①功…　Ⅱ.①黑…　Ⅲ.①诗集–中国–当代　Ⅳ.① I227

中国版本图书馆 CIP 数据核字(2020)第 231093 号

功课
GONGKE

策　　划	孙保营　马　达	封面设计	小　花
责任编辑	孙精精　贾占闯	版式设计	小　花
责任校对	刘晓晓　陈　炜	责任印制	李瑞卿
丛书统筹	李勇军		

出　　版	郑州大学出版社　河南文艺出版社
发　　行	郑州大学出版社
地　　址	郑州市大学路 40 号(450052)
出 版 人	孙保营
网　　址	http://www.zzup.cn
发行电话	0371-66966070
经　　销	全国新华书店
印　　刷	山东华立印务有限公司
开　　本	890 mm × 1 240 mm　1 / 32
印　　张	8.375
字　　数	164 千字
版　　次	2021 年 1 月第 1 版
印　　次	2024 年 6 月第 2 次印刷

书　　号	ISBN 978-7-5645-7567-0　定　　价　68.00 元

本书如有印装质量问题,请与本社联系调换。

编委会

序　在"思想与非思之间"读诗人黑女

冯　晏

在写这篇小文给诗人黑女时，我在她的随笔《诗歌的通灵术》中看到这样一句话："语言的限度在根本上是我们生存的限度。"这是诗人从传记学意义上对个人写作的回望。只有经过多年创作，对语言深入思考，才可能从某一经验进入真理。艺术创作的每一个新观念都应该属于诗人生命认知上的一次突破，就像黑女回顾自己，"我最初用写字代替说话，是出于宣泄"。一个诗人从最初进入语言，到通过创作在语言里认识世界，再反过来了解自己，了解精神现象在艺术思考中打开思想维度的过程，就是视野与语言边界线反复地突破、矛盾与和解的过程。词语在写作中犹如闯关，闯过藩篱再找到新的边界。每一首杰作，对于诗人都是一次蝶变。从精神分裂出自我的另一只蝴蝶，越是看似完美、和谐、幽深、自由律动，其词语背后诗人完成的修行越是艰辛。思维通透、技艺娴熟是我读诗人黑女这本诗集《功课》的一些收获。

容许晚,容许事物在我们身后
完善,容许暮色在我们体内
描画出不一样的图画
我们局限其中

…………

人须明白这个时代,才能勉强避开
落到身上的灰
没有钟声为这丧失敲响
没有一声尖历的哭泣

人们总是走出好远,才获得一个
回到自己的角度,于是
脚下的方寸开始生长,他变成了
养育者,词变成行动

黑女说:"通灵、神秘主义与诗歌是天然姐妹,当巫术、祭祀已经远去,继承其神秘的诗同时承担起向更深处承担的责任。因此,神秘不是诗的技巧,而是诗的本质。"诗的本质的确在不同的诗歌观念中有不同的认识,黑女能把神秘性看成诗的本质,说明她在写作中对语言构造的不可言说部分有很深的体验。延伸时间和空间也可以算作写作目的的一部分,让

功课

时空互换,在语言中有物可抓。读者在审美中获得的共鸣,就是与作者的创作思绪碰撞出的火花,或者再深一步就是灵魂相遇引起的共振。黑女给她这本诗集起名《功课》,如她所说:正是多年来投入诗歌创作和思考的概括。她在诗句里时常使用嵌入法把空间植入时间:"这些遗产有些幽暗""我被爱与悲生生撕裂"。后面一句是她借用舒伯特写给朋友信中的话。语言的重构也是生活在艺术创作中被提升的一种尝试,对于诗人所指的"生存限度"并不是常规的客观性,而是从自身隐秘的认知通道里被艺术观念演变出来的场域。诗人与宇宙之间关系的建立本身也是隐秘的。

> 她开始阅读,眼睛用坏了有手指
> 手指磨光了用膝盖
> 词语的拓荒者走过去,身后密林
> 重新合拢
> 女巫从一本书中掏出魔杖
> 走入我们中间看不见

如果说我读黑女的诗首先看到的是她有思想,那么思想与诗歌相互对立的观念同样值得一提。当代语言哲学家对这个问题做了细致的辨析,巴迪欧说:"诗的无导向性首先通过在所有认知上打洞并消除了认知的真理规律,让经验同时从客观性和主观性中抽离出来,让其存在。"另一位哲学家朗西埃说:"这种思想观念建立在一个基本肯定的基础上,存在一种非思的思想,思想不仅是不同于非思的元素,也是以非思的形式来运行的。相反,存在着内在于思想之中的非思,思想赋予非思一种特殊的力量。"当代语言哲学对写作观念中的审美问题的梳理,解构了以往一些忽略其细节的大概念。在诗歌写作中,一些诗人早就找到了"思想与非思的统一"性。从这些角度读当代诗歌,许多令人困扰的对诗与诗之间存在的审美差别,就有了清楚的辨析。读黑女诗歌所触及的思想部分,我甚至可以判断出她喜欢的书的类型,以及未来创作的思考方向。她的诗在追求深刻效果中给词语补充了尖锐性,就像当代艺术创作所推进的重点部分特别强调语言的重量、强度、穿透性,逼得词语更精准,细节更深刻。但是这些并没有影响黑女作品中的感情带入,她也有意守候一些东方传统,或许也是为不同的写作手法保留更多可嵌入的元素。

　　雪与蜡梅互读之后
　　如斯坦纳所说:多重的寂静

　　在这两句诗中,她让多种文化隐喻在背后,"雪"如现实,"蜡梅"如东方文化,"斯坦纳"如西方思想,这几个简单词语构建出了庞大的"多重寂静"。黑女的诗里有许多接近思想的句子,似乎都是在深挖诗的本质。再把对语言与生命本质的认识拧在一起,她也有能力在某一个场景中把情感推向诗句的背后。

　　我自谁的身上体验了死,而谁
　　在我的生里感受到他自己?
　　每天,我的一部分在某人那里离去,
　　而另一些则到来。我不是等待者,
　　因此我的一切和一切的我,
　　如田野这样敞开——

　　语言互为暗指给关于生命的思考留下想象的入口,通过暗藏给语言沉默的部分打开一扇天窗。近年来,当代汉语诗写作经过对独创效果的强调使一些诗人形成自我风格,随之在语言的辨识度方面也都逐渐突显出来,观念的引领越来越多元化,但是,也有诗人在刻意追求创意的陌生感时,离开经验和逻辑进行的语言尝试导致词语的姿态失衡,或情感带入水土不服。陌生感容易迷失词语的温度,犹如超现实主义写作容易导致神性视觉与现实情感缝合不严。用一根线穿过宇宙观、日常性以及细胞内部,需要词语在语言中的嵌入不但准确还要舒适。这些都在考验一个诗人的艺术素养、创作经验、思想能力和对语言的虔诚态度。黑女在这些方面都处理得娴熟而沉稳,她有更好的语调变换和细密的情绪把握,使思想自然接通非思。潜意识里的语言靠思想转化成诗,非思就是其中的过程。文本深刻是追求先锋精神的写作者都想要努力达到的,语言在思想与非思之间到底能发生什么,每一个努力探索的诗人都还在尝试的路上。诗歌中深层的意象虽然可以被弗洛伊德的精神分析方法概括出来,但是,艺术语言的形成远比潜意识学说更加复杂,意象始于非思,充满神秘性。深层意象让潜意识这个大概念在语言的沉默部分里也只是一叶小舟。写作就像哲学,只是一种话语的行为,它可以告诉读者,其作品里不仅有真理,也有走向真理过程中所经过的纷繁景色和意外发现。

一般来说,诗人在写作中所涉及的沉默部分越多,创作方法上面临的难度就越大。许多读者面对复杂的诗歌说看不懂,如果难度出自思想深刻,写作经验成熟的诗人,看不懂往往就像是精神分析与外行的关系,即使处于表面技巧的看不懂,也是技术上对复杂性表达的需要所带来的。表达复杂的诗人,都会努力为自己的表达之难做更多的方法训练,以便实现其艺术观念及写作目的。这类写作对诗人使用意象和感情带入的精准度要求更加苛刻。黑女应该属于侧重难度写作类型的诗人,她在日常性、哲思以及超现实主义方法的运用等方面都给我的阅读不断地带来惊喜。她也用叙事、抒情等方法写了许多关于农村生活的日常,涉及的内容深入而辽阔,多种写作方法相互交织。用她自己的观点说:"儒家的气概和担当可能是宇宙间最大的生命力,比尼采的强力意志更根本、稳定、从容。读儒学总会使人不自觉地被那种气象打动和提升，感觉自己在时间和空间中都得到了拓展，不再是那个褊狭的小个子，而是可与天地比高的大人。如明儒王阳明所说：'目无体，以万物之色为体；耳无体，以万物之声为体。'"这或许就是她写作中涉及一些题材时所想的。她在生活细节的碎片化使用过程中完成了变幻莫测的多种语调。同时，她也从中完成一些对时势的指涉。

诗人都具有发出秘密宇宙之音的能力，黑女写诗所涉及的辽阔总是从细小的事物进入，甚至也不掩饰从女性或者母亲的视角生成的小小神经质，有时有意朝着原生态的语感表达直面审美障碍继续向前推进，读她的这类诗作，感觉像随一颗种子被埋进土里，一阵春风又把你从花开的顶部释放出来。现实感与诗意的时空转化构成了黑女特有的风格：

> 诗人找词就像蚂蚁在雨中搬运米粒，
> 别人的经验已无法使观察怀孕，
> 他的千疮百孔、他的世外桃花……

朗西埃说："根本不存在无意义的细节，相反，每一个细节都向我们道出真相，这个法则与审美革命是完全一致的。"当一个诗人在写作中越来越触及自我的深层情绪时，只有细节能更准确地倒出沉默。

我们发明沉默,向声带问好,
日常的花围裙,问好陌生的尖叫……

2020 年 6 月 23 日于哈尔滨

功课

目　录

辑一 | 兰花词

辑二 | 春天逸事

辑三 | 说明书

功课

辑四 | 漂木河

功课

辑一　兰花词

致敬

这些遗产有些幽暗：
"我被爱与悲生生撕裂。"①
恰恰是它们造就了艺术的坚实和永恒？

对这个世界的柔情，像一根拿倒的针
乐天居士感叹："早年诗思苦，晚岁道情深。"②
悲哀与欢乐，谁更配得上灵魂的三套马车？
"我一切都好，也祝福你一切都好。"③
一封来信读五遍，代替了晚祷
钟声敲打坟茔——这枚大地的卵
包蕴太多时间，轻轻摇晃繁星的无名
"我惊悸于他的脸，因为月光
也映出了我的脸。"④

中国古人说，活着，就要日日新
大雪压枝，倾听的人一旦醒来

再难入睡

2016 年 11 月

注释:

①舒伯特写给朋友信中的话。

②出自白居易诗《闲咏》。

③舒伯特写给朋友信中的话。

④出自舒伯特的《大爱与大悲》。

杜甫出门遇雨

这场雨下了多久？晚移的甘菊失了花期
篱笆边的野花被采回,奉在中堂
岑参在做什么？新诗拟就,也许
不像我近年这么苦涩,但人们也应瞄到
我骨子里的刺惦念凤凰
这场雨同样错过了沈东美公的贺宴
他做了员外郎,我在雨帘里空兴奋　默哀伤
云路像门前的泥沼,该从哪里拔脚？
看见也已窥破,车马辚辚里埋着隐雷
这雨也阻断了远方来信——
远方已微缩成案头的几封求荐书
灯光和白发使它们显得别扭
雨啊,把天地变成牢笼
没有鹰,也没有鸢,那么看一看涨潮
也是好的？农夫的哀叹欹在枕边

夜夜将梦中人唤醒

2019 年 7 月

功课

佳墨①

——寄苏轼

一块墨把你从北方磨到海南
墨是好墨，命运多仄声，使你在苦楝树上
独自建造自己的快乐修辞
突然的寂静铺平面孔，展开晚诗的平和闪电
你学会自己做墨了，也做"真一酒"
借着"四大"②的座椅，还是将故土延展成了天下
在此前，你和世界彼此有多少误读

墨佳，一个乐字就将各处的脚印
装订成册，使打头风转向
就像一个天民，在悯农诗中摘下草帽
我也有寄傲轩，把你和杜甫们的逡巡酒
写进画框，沿着一片纸走进去
进去，就是出来

2015 年 10 月

注释：

①苏轼喜好墨，朋友曾专程送之。

②一次苏轼入寺院，向住持笑道："借你'四大'一坐。"住持答："四大皆空，你往哪里坐？"

梅花作为诗的母题

雪日,穿过解放路、皇都丽舍和百世快递,
梅花是那根针线。一场事故正在填埋,腾起大片
喧哗和争议。今天读到苏轼写梅花:
"故应剩作诗千首,知是多情得得来。"
苏子的庄严在于始终懂得,戏谑
是另一种重建,晚年与陶潜隔空对话,
自我更新胜于写作风格的改变,
他满意另一个自己的到来。
而梅骨和雪节在骨头里淬火,
因此抵住了一次次流放式迁徙,
像这些梅花,撑得住一次次惊叹和赞美,
它们大的,清新似献祭,
小的,像握住春信的小使。

2020 年 1 月

诗人的才能

那个不屑于在语言中挖掩体的人
失踪了,我将麻雀般的才能遮掩一些
永未完成的是人与世界的关系

诗人了解自己的才能
声名只是帮他更清楚地看到
语言和行动的艰难协调

每样事物被重新赋形
他们并不满意这种创造
——还有比此更重要的事情

他试图弥合语言与生活的错位
发现,这才是真正的失败
——不仅是他自己的

功课

如果足够敏感,就会有写不完的诗,
是不是可以说,如果没有写
便是缺乏生活的才能?

如果生活需要才能,那么哪一种
配得上每天每夜的书写?
那些犯忌的词语,啄得灵魂发痛

也是随物宛转,也是与心徘徊
在风刀的萧瑟时刻
严肃的面孔——浮现

2019 年 10 月

女儿在灵隐寺遇到熟人

你妈妈最近在做什么？
她在钻研诗的"通灵术"。

有何收获？
她的"真理"伴随着可爱的谬误。

2014 年 5 月

在深重的秋晚写字

树枝簌簌地剥雪,使芽从黑色树干
解放出来,多大的幸运,我有耳

劳作将田埂分成从生到死的台阶
和色块,我有双眼和四肢

麦冬细碎因而铺张,马兰花
因牛蹄的加持更加茂盛,我有识

起初是光斑,聚在树下连成一片
它们重新构造我,或者说我终被自己发现

不是在外或内,而是互相映照
叶片和着雨水下落,这深重的秋晚

2015 年 2 月

兰花词

语言的污染度尚未测量
我们用行动来消化

武器磨牙,海水动荡
今夜会有镜中人被埋葬

今夜会有破碎的花瓶从地上
一跃而起

运用大命运,之后,
重新进入孩童般的感性

每个词都要守住自己的棱角
组成句子时才能像纪念碑

2014 年 6 月

功课

山居图

1

夏末，我们洗净手去看它
之前还讨论了某首诗
有一个词是"栅栏"
一条花蛇的问候略显突兀

就要坐拥一整座山，如果付给
村主任租金（他正看着我们）
将下面那条路修上来
搭几间板房……最低处有一条河
精致胜过很多词语
选择种子或苗木
给每个遇到的动物起乳名
邀请它们来访，入诗

啊也许不需要磨诗了
将活在它里面

2

刺玫花的小客厅有花粉　泪水
一只迷路蛾忘记带花手帕
一粒窗户朝南的星星咽风中沙
泪水的小圆镜照见一只野蜂
它太过年轻
只携着花粉飞去

我要用刺玫花的小客厅
招待一位远来的诗人
她一坐下,就会迷上那
丝质的金壁,香味的尖刺

她被山风摇曳,枕着夜枭的吼叫
她将诗挂满客厅四壁
刺玫花用凋零作了答谢

夜半醒来　不再寻思身处何地
我们已是村子崭新的小儿女

3

为了方便进口树种,坡地英文名:彼得
这是一个新部落,艳阳的乌托邦
槐花浸透天空法典
万物通过呼吸遵从

阿黄,向你的小白介绍我吧
告诉它我的生肖,也许是柜中镜
过于明亮,引起它的睥睨
把你的前爪给我
在花毯上跳你发明的肚皮舞

阿黄,看得出你享受着孕育
身体沉重,目光温柔
动一动你的脚,我要到前院去
在那棵香椿树下,为你祈祷

傍晚,倚坐门边,你看那远山的轮廓
多像一面面侧卧的佛

4

为了解草木的家谱
我扶住抠进泥土的犁耙
刺棘和鬼针子也来歌唱它们的权利

有一些词,如果不是借助彼得
永不会被我们触摸
诗就是说出沉默,因此要尽力让语言
变得间接

福克纳有"深陷在人类精神的痛苦
与汗水中的　一辈子的劳作"
"彼得"懂得这个

翁达杰的小说像诗
甚至比某些诗更纯净
"彼得"含纳这个

5

语言有共同的通灵术,比如:
"他觉得自己长大到十岁时

功课

竟目睹了自己的诞生

而且并不觉得陌生。"①

"追逐失去的事物

像祈祷一样充满了不确定性。"②

它们紧着头皮往前走

有时"不惜在熟悉和动情的时刻兜兜转转"

克莱尔③骑马走在内华达山区

手腕上系着小铃铛,提醒动物她的到来

而在约克纳帕塔法县④,一个外来的孩子

把自己舍弃给荒野——

"还有那只表和指南针呢。他身上

仍然有文明的污染。他把它们解下

挂在一丛灌木上,走进森林。"⑤

我合上书——这一切都可以在彼得

找到对应,像金盏花　　野蓟和鸦群

6

栗子在炉中炸开,椿树接住初雪

阿黄啊,有的人终其一生不能

和自己的使命相遇

静,壁橱里的碗也各自离散

我们用全身力气凝听枝条断裂

针脚里的真实隐而不见

又羞于渲染或争取

阿黄,这是不是一种新的倒退——

我们要在独自中成为一个爱人

7

山顶上的灯光随时会被风掐灭

一辆马车驮着豆秆或玉米

微弱的马灯向山顶缠织

总有人走在路上,闻声站住

看灵狗阿黄如何向自己招呼

很多农民认得它   认得铁皮包的车杆

一个男人坐到车上讲陈年旧事

阿黄吞下呜咽:那故事起了变化

细节向深处走,结局像山腰上的雾

8

什么东西落进井里   星星呼啸

他后半夜回来

用井水醮湿毛巾

然而什么也没能洗清　伤口还蒙上了羞愧
借着月色　阿黄头一次看清
同谋无处不在,连悲哀也变成了尘土

阿黄,给他衔过来一个词
他渴——
井也是一种出口

9

迷路是上山的另一扇门
我给新发现的红果起名 NRS
——三个词的缩写:高贵　珍稀　坚不可摧

山汹涌如波浪
我们的灯种子飘呀飘
认出某个历史性的时刻
和往日磨损式的差别
这种攀登纯净了精神
使词语外的光亮得以完成

2013 年 12 月

注释：

①出自福克纳《熊》。

②出自翁达杰的《遥望》。

③《遥望》中的女子。

④福克纳小说中虚构的一个地名。

⑤《熊》中的片段。

功课

词的境况

好像受到围捕,水花裹着翅膀逃窜,
又被同伴撞回,鸣叫,落叶如雨。
我看着它们——自己正是那个驱赶者,
否则,它们就是波光中的天使,头高昂起,
一绺微笑从长颈漾到水底。
我们只是远远地呼应,
让出彼此应有的空间。
精神高处有神明,走过那么多雪山,
有筐的人,可以摒弃和拣取了,
留下来的越少,越精确。

2017 年 6 月

鸟语

好鸟用声音擦拭天空——
不经语言表达过的风景或历险
不值得一啼。一个好词就是一次孕育
它们用光亮孵出一块空地,用灰暗填充暖巢
直到冬季,再次以光的名义空出

有时它们困于古老的影子
分不清泉水和黑云
黄昏的焦躁当然不是因为口渴
它们困在这里多时,风声太大
听不到各自的声音

被磨钝和磨尖之间隔着一个
具体的东山。从迷惑于出走到
思考着搭配,贯穿于一条北湖
随物赋形是成长至大地性的

才能,不可辱没了风筝线的绞缠

退缩的江山吸饱虹影,只欠一跃

2019 年 5 月

字灯

我在巷道里跑
爸妈姐弟在巷道里跑
很多人在巷道里跑

我们点起灯
煤油灯,电灯,走马灯
我后来使用字灯

很多人使用字灯
在字灯里温习煤油灯,电灯,
走马灯

在字灯里吞刀子,剔牙,
找鞋子
把额头烤红

2018 年 3 月

功课

找词

诗人找词就像蚂蚁在雨前搬运米粒，
别人的经验已无法使观察怀孕，
它的千疮百孔，它的世外之花……

像一个疑犯为灵魂举证，为每个艰难的
时刻或细节，为了在早晨面对十指，
笃定那么多必至的黄昏。

词风带来天光，词雨则引来
上天的对话。因此需用寻找来固化
松动的牙根。

找到清晰的混沌，精致的粗粝
失败的经验像栅栏，"修辞就是命运"，
应该庆幸它还在路上……

2018 年 1 月

词的行动

容许晚,容许事物在我们身后
完善,容许暮色在我们体内
描画出不一样的图画
我们局限其中

仿佛有所剩余,虚空中堆满集体的
遗产,错误叠加了罪恶
除此之外,我没有见过
比此更贫乏的创造

人须明白这个时代,才能勉强避开
落到身上的灰
没有钟声为这丧失敲响
没有一声尖厉的哭泣

人们总是走出好远,才获得一个

功课

回到自己的角度,于是
脚下的方寸开始生长,他变成了
养育者,词变成行动

2015 年 1 月

尊严

——献给茨维塔耶娃

黄昏之前,你写好一封信
即兴的　心灵的,不像你的朗诵
时常带有"好战的孤独"
在餐桌后面,腰背挺直
使用兑水的墨水
雕塑般的面孔
"怀着尊严,穿着别人的衣裳"
从巴黎带回来的毛线,卖给谁
没有食物甚于没有自由
你几乎带不动自己的影子了
词句和手艺也即将熄灭……
"我吟唱的不是爱情的任性
——而是祖国的伤口。"

春天时,人们发现了贫乏并自忏
那颗肇事的钉子①还在

功课

看你用死，为世间和人性
提供双重的证词
打开你的诗，激情与尊严
光荣和骄傲　闪耀　述说——
"就这样漂泊：头颅与竖琴
向下，向着陷落的远方……"

2013 年 1 月

注释：

①1941 年，茨维塔耶娃和儿子被疏散到叶拉堡市，8 月 31 日，在孤独、贫困和绝望中自缢身亡。

读一本诗集

落叶的势力远大于清洁工
他们将扫帚连到一起也无法
挡住风的坦克,也有人注意到
雨水中泛光的叶子像蝴蝶
只需一口气就能振翅起飞
冬季陈旧,而新来的仍可提升
水井般的感受力
这么想时,打开一本熟人的诗集就可
印证对他的观察
想看到他溢出的枝叶,也高兴看到
它们如何闪着雨水的光泽

病毒和药毒煮时代的镜子,我们用语言擦拭
于是,写诗越来越像一种"发愿"
接近回向,越出了回归

2016 年 11 月

　　　　　　　　　　　　　　　　　　　　功课

结构

你把四季带过来,现在
它们一起构成了你,沉默的
册页上,我的勾画
制造了新时间,你要相信
记忆有穿越的白羽。巨大的空有和
未语之言,像四月林子深处
茂盛的蜂箱

经验长成了教训,书上说:
不善,善人之资
因果的星空涌出了报应的深泉

我将顺应那看不见的道和仁
观它在万物身上的生意
届时会重新听见　看见你
没什么能够离去

如果不是文字,什么能撑起眺望
我希冀的生活也日渐临近——
比甘菊更偏,门前可落梅花
为迎迓深友,来不及编好独辫

2016 年 9 月

功课

凡·高和麦田

他传道显得笨拙,但适于结识麦子、向日葵
生命力的飓风在笔头
凉不下来。

被画笔解放的大地,
色彩竖起来,围成一场戏剧,
泥土和果实在人和天空的低处融合,
又撕扯着,在剧场中心形成宇宙——

交出肉体　手铐和灵魂
赤子嘛,就要像造物之初
因贫穷而无所不有

群鸦来了,在麦田上空布道,
叼起一条路,掷到他眼前——

你必是那个战斗的勇士,失败的英雄。

2013 年 4 月

词，非词

1

春天是凌厉的。不能在短时内
闪亮，只有坐等雨水
满坡闲草开始谈论美或真

敞开的奇迹——
血性的河岸、远处的你
内心的不及物撑开另外一些词语

有足够扣紧十指的现实
但一棵树没有醒来
——这个词将被删去

2

立春不久，细叶兰根上冒出一顶
鹅黄色芽苞
新叶还是花蕾？但从节奏上看
是诗而不是分行散文
取拖鞋时看它，放下手中书去看它
施一点儿花肥，又怕被烧坏
它说，我知道，我明白
长成一根花茎，扛着米粒大的花芽
是诗中的诗了
它将长大，朗诵，然后鞠躬谢幕
我们来当然不是为此短暂
而是一种贯通或呼应——
词语后面的沉默

2013 年 2 月

　　　　　　　　　　　　　　　　　　功课

明亮的瓦檐

1

可以表演魔术,不表演诗
低处的雪最早渗入高处的梅朵

框子装苹果或山楂,而非思
栗果坠地便褪去刺壳
——青涩才需要护卫

夜里,赶脚人在心里点灯
因为醒着,走着,看不见人
也看不见灯

2

夜透明,在眼睑上写字
"你闭上眼,看见了黑暗。"
"你不闭眼,
黑暗就不存在?"

3

行知高于理知和情知
人到中年我才认出一座宝库
端坐在体内,才从里面拿出
无数量的江山和四肢

4

有人反对仪式和贡品
怎么,你能直接见到神灵?
这就是诗和修辞的关系

2014 年 2 月

功课

小词语

"妈妈,谷子收仓我就要走了,
乘着泡桐树上的风我该走了,
这就走了,不再使用你的遥望,
不守着你变盲。

"肉身枯萎,遗忘所在处
我也不在。"

借着月色,看见那棵失去语言的树
结满星斗,
另一只鸟说:"我不走。"
这种隔窗的对视,可能唤出明春的一个
小词语,比如"我",
我们和语言的关系,究其实是一种温度。

2014 年 11 月

断无消息石榴红①

断无消息

有时他和画上的鸟在一起,有时和
一根枝条状的线,和骆驼书单
有时坐着,身陷重围
在嘴巴开始之前,忽然觉得话语远去
但是他说:还没出生就夭亡的生命
已离世仍在飘荡的灵魂——
到我诗里来

入史之心有砖石的硬度
由无数章柔软的泪眼装订
史有时候其实是打碎某个雕像
让灰尘和雨水为之卸妆
时间是入史之诗的印刷机

功课

它常常断流,或者隐身成为地下河
但要相信它像某些提着手灯的
隐喻,或破壁机

石榴红

又一次,铲子顿了一下
一个硬物试图躲开,它返回,试探
土里发出阴谋般的咔嚓声,
石头、瓦片,或者炉渣被找到,
清出,直到再没有异音
铲子愈来愈敏感,听到水土在
合谋一个梦境。而土活过来不是因为梦
是一粒种子。

低头间,他看清楚火柴照亮的脸,
像栾花,正要和夜色融合
你听到风中他的软弱,酸楚与徘徊
或者戏谑和尖锐,死亡不是秘密
活着才是,把架在脖子上的火吹旺
才是

2018 年 5 月

注释：

①李商隐《无题》中有句：曾是寂寥金烬暗，断无消息石榴红。

功课

夕闻道

昨晚我想到一个词：天命。
绝圣弃智，返回原点的算术正确
却难以实现，孔子看得清楚，
因此他"下学而上达"；减法对于境界
就像在空地上拔草，因此他种植
仁义礼智信的花朵——
用"返"到达那个根部，不如用"行"，
行得好就是返，因此儒家说：返本开新。
苟日新，日日新，又日新，
这不是老天正在做的事情吗？
孔子看得清楚，因此他"五十而知天命……"
雨是另一场声明，我听到音乐，
弹奏者在弹自己的命运，并且供出
人们的未至之境。
"生活多美好，你应该多歌唱和赞美。"
失去一个黎明，当用两个夜晚兑换。

病或暗伤不再是光荣的印记，
我的偏头痛对应着杜甫们的肠内热。
为了共同的药丸，每一首诗
都要写得像遗嘱。

2018 年 7 月

　　　　　　　　　　　　　　　　功课

纪念碑

在文字中摇曳。

黎明起身,雪漫过额头,把远方抛到村庄后面。

风洗石头雨打柳。烟绿摇晃着,不知道下一个拐点发生在何时。

多数事物还睡着,或者失明于微妙之物。

我想,自己并非独自上路。

2019 年 2 月

词语

经历过雷雨才把自己这样袒露在旷野上，
完全打开又绝对封闭，每一笔参差都暗含
对命运的领悟，初冬，
柿树欠伸如千手佛，墨枝干上的果子
正慢慢失去水分，却红得像
诚的全部。
半夜，一些词搭上柿树的红梯子
远远我闻到它的味道和族裔。
我们彼此拍肩，划分了各自的位置。

2017 年 5 月

诗人和鸽群

他盘腿与古塔对坐，夕光把二者的影子做成了无琴弦。
一群鸽子斜掠过来——
无指的拨弹，使天空发出回音。

2020 年 3 月

开始

海象的贝雷帽能做什么？
从气概到气息；

从力量到能量，
意义逼退境况。

客观是一种态度，
抒情则是命运。

你写的都不叫诗，生活这么说时，
我信。一个开始。

2020 年 4 月

功课

辑二　春天逸事

早安

早安。在某个事物的外部向我们的内里问好；
早安。在摇曳之外，向一枝花枝问好；
在水之外，向洒水车问好；
在童年之外，向孩子问好；
在忧虑之外，向世道问好；
像麻雀问好一粒筛子里的粮食，
向天空问好；雾霾，
像海水问好一艘失踪的船。

我们发明沉默，向声带问好，
日常的花围裙，问好陌生的尖叫⋯⋯

2019 年 11 月

毒蘑疗法①

在林子里,她认出一种毒蘑菇,
做成粉给他吃,他从高烧中醒来:
我被人生的无常打败,我们结婚吧。
第二次,在镜中他看到,她精心制作毒蘑菇
他一丝不苟地看,它来到自己面前,
他微笑地看着她:能不能在生病之前,
吻我一下。
此后当他不可抑止地,想要脱离某个轨道,
他便看着她:"我好像饿了。"

这种治疗方法的关键在于,女主角懂得
毒蘑菇对于生活的剂量:大于男人的傲慢和偏执,
略等于觉悟和自省。

2020 年 4 月

功课

注释：

①出自保罗·托马斯·安德森执导的电影《霓裳魅影》。

是，不是

不，它不是你想的那样
——我的精神图谱，或者内心境遇。
它们不是你想的那样，
不是李子，苹果或桃子，
也不处于这些之间。
在李子时偏一些苹果，
在桃子中偏一点李子。
当然，这也不是世界的图景，
世界是李子、苹果和桃子一起滚动时
轻轻地一颤。

但在某个时刻你一眼就认出它，
叫出它的名字。

2020 年 4 月

功课

铁和蝴蝶

被放大的快乐意味着
痛苦也是数倍的

沉得最深最默，
就是人群中那块铁吗
就可以认蝴蝶为上一世吗

如果我把铁认为是诗的，那么蝴蝶也是铁
每天不过是临阵磨枪
敞开的时间和空间在我们前方
每天，为了看得更远
我们站在心的一次次死灰上

雨中，万物伸出手掌，握住铁
握住蝴蝶

2020 年 4 月

洗手池

一根弦绷在指尖——
沉默是一根比死亡更深的弦。
我们洗,城根埋下脸面。

池中,四月显露出一朵牡丹,
多美,南山的落梅重新回到镜中。
多么辩护,舌尖上群山涌动。

我们洗,一个新世界,
风猛烈,戳破画饼和画皮——
一个被用旧的死亡是新死亡。

2020 年 4 月

找

半夜，从客厅探进来一缕光，
光要喝水。
孩子赤脚走出去，
"怎么爸爸，你又睡不着？"
"我怕睡下了，再看不到你。"

门外，黑夜里，很多人正在
睡和醒的刀刃上，被磨着；
将来，很多孩子将像这样
在半夜里找爸爸——

他们不在那道光里，
杯子里也没有水。

2020 年 2 月

猎豹

男人身体里蹲伏一头猎豹
当我路过清凉的石子路
它们吃自己霜前的影子

女人们的安静比赛结束了
在星光下晾晒带伤的果实
新时代的美期待一枚新月亮

烟火味使日子安宁,餐桌平稳
我们吃这个世界的银色晚餐
无数头猎豹蹲着,等待赠送

2015 年 8 月

功课

蛇

洪水从槐树林逼近果园
小河里的水还清着
节节草和车前子
恐惧得发黑

捞木头的人的衣服堆在岸边
人在泥流中歪斜着
我离开人群往回走
小河里响起一阵窸窣

一条绿斑纹细鞭抽过水草
幽灵般滑行,我尖叫一声
它也加快速度,我们平行着
一起向前逃窜,好多年

2015 年 3 月

飞蛾和灯火

一只蛾子伏在窗帘流苏上
在严肃的游戏中,获知自己的终年

正午的光线有些刺眼
它在自己的"我"上投入太多

变得扑朔迷离,但承受过的事物
像一次次加冕

我的"我"和它们的有出入
我看着那把悬在头上的日子

也许难以归类,同时又是
一个系统,精密而完整

2017 年 6 月

功课

交点

瞧，唐·乔瓦尼①出场了
这个坏蛋有一个长长的名单
从贵妇到农家女，他的迷叠香是
音乐和爱情

一番撕扯之后，他将剑刺入女子父亲的身体
被声音迷住的女人，相信她希望相信的
这正是莫扎特捕捉的好主题：艺术的魔力
超出理性对善恶的判断

突然窗外响起哀乐：唢呐、铜锣和二胡
鞭炮声也出来为死者开道
他是谁，走过了怎样的一生
"乔瓦尼下了地狱，众人失去了生命的

交点,重回各自的生活里。"

2015 年 2 月

注释:

①莫扎特歌剧《唐·乔瓦尼》中的主人公。他是一位西班牙贵族,游戏人间,惹是生非,诱惑妇女,把每位与他交往的女子名字都记在小册子上,最后得到报应。

功课

有筐

在村子时我通常挎只藤条筐
棉花洁白,红薯沉重
崖头上的酸枣一红就满天星
路过狼洞大家手里各拿一块石头
认识的草药到现在也一个不忘

院子里有苹果树,傍晚鸡都栖到椿树上
星空下,黄牛就要下崽
温顺地卧着,火苗跳跃
它悲哀而温柔的眸子里泪光闪烁

外婆的小瓷盆常年盖块湿布
长黄豆芽绿豆芽。山丹花插在木格窗上
腊月里送灶爷,正月里再迎回来
坑沿嵌着一块溜光的枣木板,
能照出墙上的年画和领袖像

入夜,父亲从他的坟茔起身——
"孩子,愿你能理解那日渐消逝的……"
未敢让爱变老,以对应第一次千古愁
未敢为生死虑划出一道界限
未敢忘记雪——因为无知
无由享有村子受难的时刻

2015 年 4 月

功课

迁居

缺失、早逝与早熟的,终于
变成养料,捋平母亲发酸的眼窝
坐在慈爱带来的柔软黄昏

给灶神献上五谷、苹果和米酒
悲与喜在三炷香上明灭
把父亲的遗像从老房子接过来,
母亲说:喊一声,他就能找到这儿。
照片上的人春风和气,双鬓有雪。

我们祈愿,芽和雨水相逢
凡是开花的都来自大地的灵感
安于理者已安,安于爱者亦安
请照看这里的粮食和水,
衰老及忏悔

母亲坐在沙发上睡着了,多皱的眼皮,
压下雪崩般的往日,听到响动
努力撑开,想看清儿女们的生活。
多吃一点儿需调动全身气力,
容忍指责,把骨节的叛乱悄悄掖紧。

大年三十,我合上杜甫的诗,
母亲把她抄的电视剧主题曲
放到父亲像前。

2015 年 3 月

功课

游子吟

在隐去词的晾衣绳上，心震颤
拿什么让它停歇。满山红叶去赋秋风
我关照雪转过脸来，让路口辨认

到了最好的季节，腐果进入泥土
抵抗过几场雨的，可以压入发酵的酒缸
沉默说话：归途只在游子身上

光和飘叶在欢笑，晶亮的牙齿
不久，被雨淋洗的树干将走到前台
像燃至一半的黑炭

届时拍打和装裱长夜的将是它们
你啊，缓缓地读，慢慢地咽
在一个词上认出一片森林

没有同一条河流,但可以踩进布满

石块的海水,随着爱力增加

看清以前的沙砾

2014 年 10 月

功课

弹奏

体内有台阶，年龄在弹奏
在药罐的漩涡里，慢从黄昏开始
药汁的浓度和味道，都可与
过往和未来对应
如果重新来过，能避开五味子么

它们浇灌声音，经年累月之后
与某部分肌体彼此默契。知道自己惜命
以便换取更多词语，提防被野蛮算计。
因为有刺而日渐柔软，眼窝存不住第二滴泪水
在谎言的宽度里，固守着窄
一道窄门，一片刀刃。
中药和陶罐赋予的土性，
低下来，安静，沉重

2014 年 12 月

闽江夜游

一个空房子,怎么填满?
只需一盏灯;光是实是虚?
雪是虚的,踩一脚就变实了
把虚事落到实处,就是把实的嗓子眼
塞满干草或木头灰

现在,玻璃房子陶醉在变换中
制造自己的流沙　小溪或滩涂
借风手——抹掉,无穷尽
油黑的水面映着岸上灯火
不指路,醉于表演画图
被船撕开的白口子在身后迅速弥合
加深诡异的夜色

游人慢慢习惯了这般炫,下到舱里
喝水或刷手机

功课

台风的消息取消了明天的一日游
灾难的时间、地点、规模均已预见?
它本不属于我们,能买到车票可堪庆幸
在新闻中看那些倒塌和恐惧
我曾离它那么近

2018 年 10 月

儿童节

——给女儿

现在大人们流行过儿童节——
不会认错的、孩子中的大孩子；
七十岁还一无所有、大儿童中的好儿童；
从来不会脸红、好儿童中的大坏蛋。
写诗，吃冰淇淋，或往脸上涂泥彩，
想念生锈的气枪和弹弓。
我总记得，小时候，在我的床边上
你画了一个笑脸。

过完了今天，还要过青年节，母亲节，
老人节，最后是清明节……
我身边的人已不再谈论幸福，
每当想起你小时候给我上的那一课，
就像得到一道命令。
一天我突然明白，为了克服自己身上的

功课

我们,你费了多少心力。

2019 年 6 月

春天，去村子里吊唁一位逝者

除了发芽的事物，村子里更多的是
修剪下的枝条，青皮里流动着新鲜的汁液；
一只小松鼠在路中迟疑，
左边是果园，右边是火车道围栏。
一大捆树苗押着三轮车过来，
清鲜的味道，即将进入泥土的欢快。
地里一包一包迎春花，护佑村子的逝者。
我想给失亲者说点什么，
出口的却是：考验你的时候到了……
生死太大，我们常常失败，
但必须找到某些答案，无人代替。
我在谁的身上体验了死，而谁
在我的生里感觉到他自己？
每天，我的一部分在某人那里离去，
另一些则到来。我不是等待者，
因此我的一切和一切的我，

功课

如田野这样敞开——

2019 年 3 月

白皮松

秋山,耐霜的深绿色上面
白皮松在闪耀

风灌醉黄栌,河水掖紧变老的村庄
一头牛窜出柿树的视线
一座新坟清点着漫山风声

在葬礼上,我见到了少年时喜欢的人
白桦叶片纷落,心里又哭又笑
分不清是为逝者,还是为活人

我又看到山坡上的它们——
闪耀如白银,日日夜夜

2016 年 5 月

功课

成绩单

父亲,向人生的借贷即将还清
在你倒下的地方,我嚅嚅着起身

那时你带我们去电影院
黑压压的战斗片,我拉紧你衣襟:

这个人会死吗? 他到底是好人吗?
如今愤懑就快将我变成一个坏人

你来我梦里,有时赞同,有时批评
我怎么向你解释,这世上遗传的骨气太少?

愈来愈理解你的华山剑和五禽戏,
我也到了这种年龄:所有的学问

似乎都是为了微笑着走单杠

珍爱你的遗产，也继承下无知的重荷

没有审判庭，我怀疑历史并非教科书
唯有诚，父亲，这是我唯一的成绩单

2017 年 4 月

功课

猫眼

黄昏,白猫身上有三条弧线:
目光、背脊和长尾
而黑猫眼中有带刺的栅栏
嗒嗒嗒,前脚在迟疑,后脚已笃定
骨架微耸,随时会腾空一战

我坐在阳台上看书,屏住了呼吸
——它们突然一齐站定,先知般转过头来。
难道已经预知邻院泡桐树的死期?
鸟儿不来,对门的老张一出医院
就变成了遗照,难道它们已经明白
我们为生活付出的全部心力……

2016 年 4 月

飞

"那次我感觉真的飞起来了,"
她看着河面,"我忘了那是什么曲子,
就在这个广场。你知道我总没有舞伴,
一副挑剔的样子。一个生意人,
有点胖,但灵活。
那是一支伦巴,他说:你张开双臂吧,
像飞起来那样⋯⋯结果我真的飘起来了,
音乐和灯光搭起一面斜坡⋯⋯"

说到飞,她丈夫曾飞得更高——
被车撞起抛到街边树干上,落下
那个圆弧,她两次再婚也没能把它整圆。
"我们很少说话,就喜欢那支伦巴,
他可能也在感受飞,我们必须专注。"

2019 年 2 月

　　　　　　　　　　　　　功课

一次嬉戏

我称小狗"孩子"。它看着我，
世界倏然缩小到两颗黑水晶里。
俯下身子依靠，更像安慰，
我抚摸那卷发，它抬起头，
递过来一个温暖宇宙。

像想起一个主意，它突然跑到阳台，
拿给我一个绒线球，姐姐示意我扔出去，
它撒腿去捡回来举起，"黑水晶"说：
还要，还要！

屋里有客人，姐姐打量我：
还和以前一样。从前，
在她刚工作的发电厂，我们使出全力
对抗荒谬和叛逆。

出门时"孩子"提起前脚作揖，
我连忙回礼，房里人都笑起，
我也笑，不觉得多余。

2019 年 11 月

功课

村子星星闪

1

天上的星星闪一闪
地上就有一个生命晃一晃
风吹着火苗

我打着纸火笼
星星打着玻璃灯笼
风摇着灯笼

2

风宽大,外婆鼓起的衣襟
更宽大,她站在村头老皂角树下望我

那个女人又来啦!
见人就问:看见我的女儿没?
没有。
刚出生我就把她送人了,就在这个村!
没看见。
我好后悔,只想看看她……
不知道。

他们把她藏起来:
别出声,疯子在抓小孩。

3

童年开了花,结的什么果?
要问一问大地

童年结了果,留下什么籽?
要问一问天空

大地和天空怎么说?
蚁巢和鸟窝

功课

4

天空发了霉,雨水拧不住
桐树发了霉,根上撑把伞
院子发了霉,长满绿毛怪
好吧,我坐到屋檐下
要发霉

村子用油灯,灯光数梯子
一道,两道,数外公外婆的皱纹
一条,两条

镇子用电灯泡,灯光一片一片
像倒过来的天河
我有皂角树,它凸起的老根
被我们磨成滑滑梯,一年,两年

5

梯子是甜的,爬上阁楼拿柿子
爬下地窖取红薯
梨子熟了就摘
枣子红了就敲

叮叮当当砸到头上
哎哟只有我没结果
没结果的人喜欢摘云朵
把自己挂在梯子上
再也没下来

2019 年 11 月

功课

挽歌

突然就被死亡拍肩，
它离我这么近，由敌人日渐变成朋友。
埋头走着，沉甸甸的，仿佛已带着
亲密的逝者。

为了洗涤，你曾狠狠惩罚自己，
我来时，还听得到远去的低吟。
现在不断涌来的悲伤勒紧我，
熟悉又陌生。

关掉夜灯，保留它凹凸的镜面，
我将照着，并把你那面
种上紫色满天星。

这枝玫瑰的深渊难以下咽，
你珍爱的时间，将面对一大片

无人能占领的空白。

如何处置那些引以为傲的精神口粮和
灵魂产品？功课总有结束的时候，
世界用遗忘迎接伟大的新生。
安谧将得永恒……

2018 年 4 月

　　　　　　　　　　　　　　　　功课

金叶

四五岁的小女孩拿个空碗
坐在门口
一片黄杨叶掉进碗里
她小心地捧着,双眼里笑着喊:
"爸爸,看,金叶!"
爸爸瞟了一眼:"是,金叶。"
他在对表,顺手把表针拨快两分钟

2018 年 4 月

母亲的晚期风格

"去看看孩子吧，她还没睡。"
孩子把头埋在被子里抽噎，听到父亲的脚步声，
擦干泪闭上眼睛。

孩子们听得多了——他压低声音，
"你们都不小了，理解妈妈吧，
她脾气不好，上班太累……"

灯光不够亮，她让父亲过来穿针，
老四的上衣口袋破了，绣只小鸭子遮住，
老五踢毽子太费鞋，迟早要揍她一顿！

批斗会终于结束了，有同事说她
上班老带孩子。回家来一顿牢骚：
都是被这些小蹄子害的，上辈子欠他们的！

功课

有人状告父亲当了校长还没有入党，
上课从不带课本，学生提问题，他只是说：
你翻到第某页，看第某行……

他写诗，吹口琴，
孩子们的名字都是保姆给起的。
有一天他被自己的中学老师拦住：

"你要注意啊，老四在作文里写，
她在外婆家长大，你们都不待见她……"
回来躺在床上不吃不喝。

他的痛苦被母亲翻译成阶级论，
老四成了汤锅里的一只老鼠：
没良心的家伙，阴谋家！

不理解的事情慢慢会理解，
母亲没有想到，对她的"批斗会"
从六十岁拉开序幕。

"也许这就是报应。"她像孩子那样看着我：
"我年轻时脾气不好，现在活该受你们的气。"
"是为你好，只是脾气大些。"

我对妹妹讲孔子的"色难"①，
引起更厉害的反击："我从小就这样
改不掉了。"于是我们吃谷维素、安定片。

双方都感觉到这种悲哀：给她买很多
但避开她想拉住的手。没有办法，
太陌生，像上世的眼泪。

相比于眼泪，我更习惯写字，
近日常感浑身缺点，血管般清晰，
血管般难以割除，铁屑、镰刀和血痂

我想，因年龄而嫁接的光线到了……
女儿离这一刻还早，她甚至还不明白
我搁置在黑暗中的忏悔

父亲去得太早，无法得知这些消息，
但每年清明节我们都对他说：
放心吧，母亲好，我们也都挺好。

2017 年 5 月

功课

注释：

①子夏问孝，子曰："色难。有事，弟子服其劳，有酒食，先生馔，曾是以为孝乎？"（《论语·为政篇》）

生铁炉

梧桐树下那片空地扫得发亮，
中年男人在搬生铁炉。
双手紧抠住炉子的铁耳朵，
上身后倾以便把全部分量压上，一起移动。
生铁炉有好几个品种，带枣红色水箱的最重。
炉子吸收了他体内的光，油漆锃亮。

远远就听到敲铝皮的声音，
他在做大大小小的箱子，
整张铝皮抖起来像水银。
预报有雪，银亮的烟囱早已打制好，
人们敲着，抱怨现今的一切都消薄，
"那真不是烟囱的原因。"
每次路过，看着那些急于买暖的人，
发现对身边的生活并不熟悉，
但是当困难到来，我能感到在无限地接近。

功课

我经常看金属和他发出的光：

在阳光下锐利地一闪……

2018 年 9 月

春天的列车又快又稳

杏花把粉聚在山坳里
满坡石头开始低头吃草

鸦巢的影子投进黄澄澄的
油菜田,房子发出薄荷味

水摆动草的绿绸
一个人顺着河水骑车出山

昨夜他守着变冷的尸体痛哭
现在额头白发吹起如芦叶

2017 年 4 月

　　　　　　　　　　　　　　　　　　　　功课

雪的定制

去看蜡梅需穿过三重霾,需相信
雪不能掩埋的,霾也不能
花的开放,一半来自某种定制
——我向你谈花,因为那里面
"不知道有多少个自己"。

内省的黄钟在审视
枝头撮起元香铺就的路
这是性与命的程序,不可归入
某个系统或档案
人类对神秘的感情宛如还乡
它的乡更远

树下仍可捡到被采折的花枝
带回家仍然开,无芥蒂,有方向
俯下身子吧,比雪和花泥更低

即可完成艰难的孤独

2017 年 2 月

等待初雪

酒已经下去两瓶半,胸腔似乎未被熨平
暗火模仿希望的声音:往前看
"这两个月心如刀割",能够看到清水里的刀子
是因为你在,目光和刀子都因为肉身

也许应该欣慰:还有二三友,
可以期待不久后的初雪:还能
借天地之"雪堂"①洗舌头和肺腑
远近的河冰封就封吧,还有三三两两的
蜡梅在赶路,蜕掉虚、躁,蜕巧如炽火
将嗓子磨尖,为了钝……

"再这样,我愿意化成雪水。"

2020 年 2 月

注释：

①苏轼写有散文《雪堂记》。有客为苏轼阐发"散人"之道，他答道："子之所言者，上也。余之所言者，下也。我将能为子之所为，而子不能为我之为矣。"

雪落无边

这白色的旋转庙宇降下尘世，
短暂与永恒均来自
天地在生命之间。

对事物越温暖，便越
想念你，对这世界做功越多，
越觉得不够。

世界悲喜交加，依赖这种滋养，
雪消融，梅花敛色——
一种精神或灵魂被带走，被赠出。

是啊，作为滋养。
一阵心痛：你收割死亡的刀锋
那么多

大地上的同类彼此取暖，
山下濡黑的槐枝有九吨婀娜，
山顶没有姿态，只有风声

2019 年 12 月

　　　　　　　　　　　　　　　　　　　功课

上课

当我走进教室，一粒粒黑珍珠的问候
让人着迷，我看到
被不义和无知夺走的孩子们回来
幸存的则返老还童

我举起一个词，两个，严谨得
像开门闩，当一个人从巨大的迷中醒来
一缕光照进浓密的森林
我将开辟更多的瞬间和空地
让它们被照亮，相信这样的时刻
既远又近

不过是向人类的童年致敬
向天真、纯洁、可爱的无知
传达喜爱、羡慕和欣赏
最后是我们都变成学生，让爱和信

上课，划出人性的重点

2019 年 10 月

感谢

苦难大师问自己：生活还是课本？
今天我给自己上了一课。
这也总是要付出些什么，比如，
复杂性不过是与这世界不止休的纠缠，
无情不过是抚平时间褶皱。
我听见脚步声，一个人从后面走来，
口袋里的钥匙哗哗响。

我的愚鲁在于，用一生弥补幼年的一道算术题。
有一天也许会对生活说：
那本书读完了，感谢。

2020 年 6 月

小口缸来信

在光那里，你如何分得清浪漫与
现实？光里，有爱的新大陆。

千万人在远处死去，火烧红教堂的墙壁，
一个价值观试图站在一众肩上，喋喋不休。
一笑就有罪感，一低头就看见深渊。
雨水的寺庙显现出：
你的诗学问题其实就是生命问题。
你的时代问题，不过是皇帝的扇面。
在自己的小山上勾画着他们的，
在一个人的孤独中丈量着众人的，
光线回到挣脱掉的壳中，夜来临。

2020 年 5 月

餐桌

餐桌是木头做的,桌面铺着玻璃钢,
我们围着它吃水、天空和土。

一天,餐桌上放着吃剩下的草莓,酒杯和蜂蜜。
女儿露出胳膊上的伤。

她说是猫抓伤的,我认出来,
那就是以前的我,我以前的伤口。

围着餐桌,我以为只剩下蜂蜜和草莓,
空杯子走过来:给我你的战场。

2020 年 4 月

辑三　说明书

投龙笺①

如今，我觅得的扁担带来石阶
又如早日种下的青山，在双肩发芽
晨起多吃了一个蛋卷，好走过黑水崖和
白头峪，来到你面前

写这个行状需要半生力气
我认了；投这祈望的绿囊入深涧
就是将后半生也认了
认山水之光，在生死之间

写六诗人的晚期风格，梦到彩云和仙子
之后是杜甫、苏轼……
还看见一记拂尘走进我们的课堂：
若再迟疑，便是辜负了神佑

一生的功课莫过于听无声之音

虚出一个位子,给无神论时代的神

时间会告诉你剧场中的位置

中原阔,北斗深②

2016 年 3 月

注释:

①投龙笺:古代人将心愿写在竹片或锦囊上,投入山洞、沟涧,希望里面的龙会收到,助其实现愿望。

②出自杜甫诗句:书信中原阔,干戈北斗深。

功课

晚年志

哈威德广场上，马斯洛信手翻着店中书
勒纳和儿子们走过来（这位朋友知道人的
内在生活与价值）
"你最近在做什么？哦，这种书柏拉图早已写过。"
马斯洛微微一笑：我比他懂得的更多一些

唯有时间和疾病引来惆怅，联合起来鲸吞一切
比如他对于完善人格的规划
他收到过一本《道德经》，却没来得及
认识孔子，不然那未完成的自传将改成这样：
"我将告诉世人，我的工作在潜意识里
也受到中华儒家（而非只是犹太民族）
的影响：追求至善道德的热情、理想主义的
济世情怀……"
不过他谈到了天人合一，这种遥远的接近
使我再次仰望头上的星空

"我研究他人的诗意胜过阅读诗歌；
我读科学杂志，其宗教感受胜于读
宗教经典……"这个自信的救世者问自己：
"为何不轻松一点呢？仿佛只有我
才能传递出人类的福音"

2015 年 10 月

功课

采桑谣

众雏堕地各有命,强为百草忧春霖。

——黄庭坚

采桑,叶子长进双手
白云磨着空空的麦场
记不得祖先的歌谣
孩子在塑料马上挥鞭
鞭子呀打在马身上
快跑起来,去看一看爹娘

死去的亲人们变成干草垛
新亡故的等待坟墓收割
棺椁好重呀,远处的儿孙不及
近邻的庄稼汉
他们种的泪水没有人收,依然孕育
没有老家也不在乎回归的儿孙

采桑,采桑,孩子留给椿树上的鸟巢
风吹一吹,鸟儿也飞去了
采啊采,眼看着蚕儿上了蚕床,木呆呆地
用丝线将自己裹上

2016 年 2 月

功课

反对

牙齿反对舌头,河水在反对冰
砂纸反对粗糙,雨点反对雷声

星星反对夜空,笔墨反对白纸
年轮反对记忆

骨头变成刀刃反对肉身
语言反对遗忘,并揭开捂住的暗疮

胜利反对弱者,失败反对结局
一在反对多,暴力反对审视

欧阳修反对骈文的浮尘
庞德反对维多利亚语言中的风

雪反对脚印,坟墓在反对不朽

阵线反对出走者,绳子反对自由

古老在反对年轻,谎言反对真相
吠声反对狗,回音反对墙壁

行动在反对沉默,疑问反对答案
现在,"给我的"在反对"我给的"

"我们靠心中的承担来写作",为此
少数反对多数,穷反对达

反面在作为正面而存在
我们作为种子

2017 年 9 月

功课

水在深处

水在深处
拿诚去测量
云在浅空
拿朴去就行
鸟鸣在画中
拿空去
流水若出寺院
拿有去

拿直去，
给节奏带去大把时间

2018 年 5 月

村庄和高铁

瞭望的天空现在飘过来
簪花的窗口,歉收的田野跟着跑
年轻的妈妈们狠下心

筑路工人带她们沿高速铁路飞
村庄的男人们怨恨、困惑
将头埋进深深的玉米地

祈求麻木的雨现在倒过来
被少年认作洗刷的雨
窗口闪过千万张面孔,没有妈妈的

快是因于往日的慢,二者中间
一大片撕裂的盲带
留给村庄的孩子们计算
(他们有三种称呼:留守儿童

单亲儿童　孤儿）

"这是我们村的高铁，不
我们的敌人。"这个题目如此巨大
像一出生即背上的"原罪"

2015 年 4 月

性善论者的果园

水擦洗镜子,门里涌进高山
苹果树也能论善恶?
有情,挨过雪霜和虫洞

事相显得多彩　炫目
而安宁只是一
表演劳动者早已收工

弃痛苦如敝帚是懂得了
瞑目相向,事物有三个门
人有两次错误的进入

"质地流滑是我的大敌
学会世故只需一年
习得天真则需用去一生。"

功课

咔嗒鸟在翻译树干,翻译绿和风
而非语言,有人说,请忘记"我"
说"他""他们",即我亦是一个他者

"让风筝飞起的那条线不是我
不是它们,是我和它们,
是我们之间的关系。

"悲行,乐行,受行,忘行
紧随雨脚,我看花,
如花眼里的我。"

2016 年 2 月

黑森林

1

你好,一座山对另一座山说:
在林子尽处碰头

古树点起灯笼,一座闪亮的宫殿
端出台阶,如果一分钟内叫出它的名字
灯笼分开,让出大路

夜半,有人在门外喊你的姓名
又像风把声音吹出很远
你出去还是缩进棉被? 大个头老王
循声出门,一块山石砸塌了房屋

(老王说名山之下无善人,人和鬼

功课

多是来收钱的。小庙往往灵验,就像小道
最近功利。）

如果你家女儿看到白衣男子飘然
入室,将针悄悄缝他衣襟
晨起就会在崖上找到一条
带线的蜈蚣

两只夜枭是黑森林的打火石
它们吼叫:来了来了方士帽
走吧走吧,我们走
黑森林拔地而起,了无影踪

2014 年 11 月

我看着双手

我看着双手,如何承受了芒刺
还试图翻转自如;我看着双脚
在刀锋和坟丘中仍能迈步
我使用词语,总感到还少一个

有人说它被关押或流放
那么我们有理由了:现实主义之后
荒诞派　野兽派　新天真派
不过是要向那个词语接近,接近

那时候倒下就安心了么
不一定,两头的焦虑带来了什么?
幸存者耻于庆祝和纪念
等待将磨穿手脚

想让我们灰心?

功课

被教导过的灵魂变得坚硬
我们难道看不出来？
这个阵营总是有强大的呼应

2014 年 1 月

出岫

车子翻阅一叠叠山岩
与地下河携手出山
几朵棉花云在头顶嬉戏
云朵生产线从小秦岭贯穿到伏牛山脉
在布阵沟一带,与街市的嚣声完成交接
——种比雨还明亮的困惑
挑亮了五封山①的烛火

山水深处有神灵,我原不知道
这里曾盛放寺庙,香火祭奠过盛唐
为主人守护钱褡子而饿死的狗
也有牌位。民间说
神每年会为鱼哭寺换一根檩
外乡人含笑点头——
这是山水教的妙处
非科学所能领会

功课

涧河沿犁牛河村向下
波光荡到土地庙的戏台
山泉与人工河在此完成了交接
牧人赶着羊群站在阳坡上
一只羊不吃草,嗅闻一朵早开的山菊
——一种比雨还明亮的困惑
挑亮了五封山的烛火

站在阳坡上,看着羊群和花朵
牧羊人突然学会了歌唱……
我是他的秘密传人,奔突多年才发现
距离精神的最后一跃近在咫尺——

捆绑的绳索尽断,涌出来慈悲和深情
与万物成了兄弟姐妹
这就是今昔的不同
有山与无山的分别
白皮松的蜕变缘于一把看不见的标尺
今夜,注定有一个孩子彻夜难眠
为这个发现寻找恰当的声音

布谷掠过处,种子落入田地

此时适宜安放灵魂和肉身——

枕着远古的涛声

听大地唱诵良知经

2013 年 9 月

注释：

①五封山位于朱阳镇。这一带寺庙林立,拿五封香才够供祭一遍,
因此得名。

轻快的一天

如此轻快的一天——
狗尾巴花升级成狼尾巴,
密密的白绒齐到杨树林的膝盖——
我们早没了膝盖,走路像在花花中游泳。
微小有了规模同样宏大,
千亩荷塘正被挖藕机盘算,
一群白鹅戴着红冠绕圈走场子;
轻快有了规模就生产尖叫——
当莲蓬像艺术品那样扛在肩头,
我猛然想起白居易,
他写过一首关于阌乡县饿死人的诗,
大约就是这一带?白鹭在远处漫游,
蒲草丛里,草叶被劈成线,织造成一只
大肚小口的绿杯,探头一看,
毛茸茸的几只,却是刚降生的
田鼠,"鸟蛋去哪儿了?"

"也许变成鸟飞走了……"
轻快的一天就此结束，太阳过大，
一阵风导引苇丛翻作绿浪。

2016 年 9 月

功课

霍朴夏苓汤说明书

你惊醒：没有苍蝇，
而苍蝇的胜利还在。

他一拂桌子，你就落满头，
你伸手鼓掌，掌中满是它的尸身。

爱的治疗，你深信自己有，
苍蝇对此免疫。

恨的清澈也是一剂良药，
苍蝇当它作繁育壤。

每天的水带来更多的水，
溺死在渴望里，装作没在现场。

平如镜的功课暗含梯子的锋芒，

你不知道这种平衡，是否足以

为万物命名。

2018 年 3 月

功课

显影液说明书

女巫从大树兜里掏书
让它们显形吧,我知道它们
说出了一些不安的秘密
不安又欣喜
它们敲打我的门,让月亮
像一潭待收割的秋水
白纸和镜子还不够
相对被喑哑的河流
白日加起来的光还不够

她开始阅读,眼睛用坏了有手指
手指磨光了用膝盖
词语的拓荒者走过去,身后的密林
重新合拢
女巫从一本书中掏出魔杖
走入我们中间看不见

风卷起大树，根原是无处不在
不漂浮，也并不固定在某处
以便随时遇见自己的小女孩

2017 年 6 月

单行道说明书

在雪制造的单行道上，
人们寻找雪花的道。
读童话的人放下书出门，
打量路人的眼窝，认出来
三个隐身魔术师。压断的树枝
在天空制造事故，雪的狂欢里，
露出释放的秘密。踩实雪窝里的童话，
更多的雪教建筑物模仿云朵。

再往前走，似乎能到天堂，
但是雪打断了不切实际的路径，
在眉毛上结冰，模仿泪水的分量。
只有极强的光才能照见铁丝网。
这个国家犯罪率高，罪人挺少，
他也在路上走，需要雪用埋葬
把自己指认。他走过处留下一行字：

到此一濯。

又一个人迎面走来,我一侧身
认出这个雪人——头戴雪峰,
低声对自己说:别急。
他孤身穿过的巨石还在造雪。

2017 年 12 月

功课

月光曲

我的职业:为单声道扫烟囱。
如果扫帚羞愧自己的声调,
那就再砍掉棵树,附一纸悼词。
杨树和风商量:让叶子替我做一次海洋。
它们将枝头磨成炊烟,
重要时刻,星星变成鸟投进密林;
重要的时刻,摸到沉默,就像摸到死亡。

我住在北方,祖国最小的城市,
等待孩子,侍奉老人,
在过时的展销会上挑选多余的小物件。
没见过灵宝汉绿釉,
估计它们从无感性的烦恼,或者
因悲哀温和,常能微醺……

坏消息一传播就变成故事,

眼看着，损害被上升到众人歌颂的
高度。明亮的封皮多有设计感。
不断涌出的影子收割着真实，
新浪漫主义长出明亮的舌头。

渴望赞颂，却被时事刻薄，
发展了隐喻，失却了温柔敦厚，
暗哑的大多数，数着月亮里的石头
愤怒像是租来的，不合时宜早晚撑破肚皮。

华欧拉尼人认为，人死后，灵魂还在，
将变成一只丛林漫步的猎豹。
我写字，是因为在和神的距离中
得到了太多

2018 年 1 月

功课

再次写下:回乡

即使有九十道皱纹,也不会老
房间里堆满自然丢下的玩具
多少世前的泥瓦罐和沉睡之书
凡是童年缺少的,现在我都有

时间编码术把一变成三
之前的那个小孩,将变成
上校家的老二①
(他最后死于和灰熊的搏斗)

已学会把悲剧变成喜剧
她知道有人挪动了色子
醒觉的剂量恰好够顺从命运
用一生为一夕做好准备

山上有雪,有火,飞翔的书信

在句子中睡去,被某个词惊醒
朝霞或晨星的启示用旧
云朵和干草车运来新的

咳出黄昏的影子
它矮矮的,见风就长
发卡一刺,体积缩到刚好
只是有了暗伤,正合时代的胃口

失败的爱人们,宽宥了自己
试图变得完整,从出生之地
再次出发,体会
自助便有天助

能否提前写出命运之诗?
贝壳合拢,包裹起沙子和珍珠,
我,变成了我们

2019 年 6 月

注释:
①上校家的老二,美国电影《燃情岁月》中的人物。

功课

点灯

一月,苦根拔掉,甜光线
舔破窗纸,翻找针线筐
缝补它吧,那打碗花童年

将硌处放平,善待石头和空场
三月,精神靴子跨过胶泥
那长满蒺藜和修辞的

为一场事故找到对应物
费时太多,警报器来源不明
一群鸽子停在中药铺房顶上

五月再一次说到人
我们的神话或变形记之道
缘于某种消音器或单声道

七月，别让他们听到你的呻吟
警报声变成了室内乐
我折叠起事物的歌唱

十月啊，万物先于你领受了
世上的伤，让我离开就像回来
把幻象插满夜晚的神经末梢

雨，都来落到我身上
爱人啊，如果你抵达，掩上门
如果还在路上，我就亮一盏灯

2017 年 8 月

　　　　　　　　　　　　　　　　　　　功课

诗人获奖

"除了感谢和感动,不知道该说什么。"
"很公正,什么也不必说。"接过鲜花时
她望向下面——没有人如她所愿——
站起来喊:"你写得还不够好,配不上
伟大的生活……"

分不清城市的南北,学习了解
语言的龙脉,让每一天都是新的
新,就是孔子说的"吾日三省吾身"
孟子说的"吾善养吾浩然之气"
佛家讲的"时时勤拂拭"……创造力密码
在传统的井里有了回声

在语言中安置万物和自己,可贵的是
如丝如缕如毫发之末的关系
如果足够诚实,必然发现诗和生活的嫌隙

黄庭坚评苏轼"文章妙天下,其短处在好骂"
元好问视"野店鸡号""嚣叫怒骂"之诗
为伪作……风花雪月毕竟不宜于新的审美
荒谬和不义让人怀疑写诗的野蛮

喜欢青,这种特殊的味道足以供出
前世和今生
青衣(不是衣裳之一种)
青鬓(不是青色之一种)
青衫(也不指衣裳)
青编(不是草编之一种)
青灯(不是灯之一种)
诗人和生活的关系,也包括
有无青眼和被谁青眼的问题
对孔子来说,据于仁便无站队之扰
在竹林寺,内在的清凉抚摸了莲花山
雾退去之后是雪,薄月进入长镜头,得等到
秋暮捂住护寺狗儿的眼睛
它看着你,不眨眼
然后就像有上古神话,缓缓地布上那双
黑水晶,你移不开眼睛,又怕
陷得太深,于是伸手抚摸它脑门
——比想象的要小,温顺而孤独

功课

山月看清悬崖,跳脱出来,
松林拨开发条里的命运——
一半雪峰,一半温泉

2018 年 11 月

谈论死亡

她温和,安静似水面,
"不要躲避,请跟我谈一谈死亡。"

"难道它不是生存的另一条根,
不是从我这里,到你那里?"

"难道不是共同完成了一首诗
然后由一个人轻轻读出,不断地读出?"

到了这种时候:选择一个词,
实际在命名一种生活。

"允许我细碎、沉默。无论如何,
你走后,还将和我一起。"

2015 年 8 月

功课

沉重的时刻

——致敬巴列霍《沉重的时刻》

在鸦巢上再放一根细枝
会不会倒向春寒的那一侧
在流水的封条上划一根火柴
是否会料峭出几个犯禁的词
柿树优雅,称量了乡愿的平衡木
结满楝子和鸦巢的树,是不是吉树

雪从竹园里消退,就像
某人从诗中抽去义
雪从梅朵上撤退,就像
世界从肩上卸掉仁

只有写诗,霜雪才换算成功课
冰柿的舞台即是祭坛
雪演示了两种解放方式:狂纵与精深

啊,这是一个重要主题:
对世界的爱超出了世界本身
漫游的词语代替我们变成归人

2019 年 2 月

功课

庙宇

让·热内对贾科梅蒂说:我要想收藏一件您的人像雕塑
这个人必须足够坚强。后者问:为什么?
热内说:您的雕塑一旦放入,
房间就变成一座庙宇。

2019 年 2 月

搬

一个人在搬动空气,脖子上的筋

一根根支起,他慢慢弯膝,安置到合理的位置

一滴血流下来,沿着那东西缓缓爬行

那不是空气。如果不是血色,我们不知道他在

使出浑身力气搬动重物———一大块玻璃

它会变成镜子吗

不,血不能,他也不能

血就是让我们看见

他所搬动的,除了沉重还有别的

2019 年 5 月

群山之上

1

有一天蜂蜜是苦的,河水变咸,
养蜂人望着夜幕中的群山:
好像无数个因果渐次展开,
随着夜色加深。

人们贪恋舌尖上那一点甜,
没有察觉,一只蜜蜂跌进塑料花
装扮的影子里。

2

这是我在蹚第多少条河流,
一抬头,你在那里。

很多人在前面走过,很多影子
与我的相似,但没有交谈,
我想说点什么,还未开口,
雨水混着汗水灌进嘴里。

3

晨光尚未出鞘,隆隆声里有什么
在错过,轮到她讲故事了——
我刚看过一场轮回,不,
是新生,人们摆脱了因果,
在黎明的群山之上……

2019 年 6 月

　　　　　　　　　　　　　　　　功课

看云识天气

终于把氢气球吹到天上
鸟儿你别啄,否则我的
双面孔,它的金链条……

乌云在做事情,但是没有
不透风的墙。不知道雨信,
种子入土也难保一死

天气预报就是打脸,伞和斗笠
互踢脚脖子,雷破产
它们要的生存逻辑何在

知了别躁,当命运失了常
汗水不是受辱,就成盘剥
从长远考虑,你不如变鸡打鸣
螺蛳壳里的胜利还在彩排

而那个被悲伤压弯的人,把痛苦
当作呼吸

2018 年 11 月

葡萄

最后,我将不记得如何,怎样,
在事物之间露出一片快乐的刀刃,
一只鸟儿将我噙到花朵背面,一只等等鸟。
它的嗜好,一粒粒愤怒的葡萄,然后是
我们的愤怒本身。
它笑,我们愤怒,一边愤怒一边笑。
忧世的葡萄,转世的葡萄,无命运的,
鸟儿一边吃一边笑,
满手夜的汁液。

2020 年 3 月

养蛇者

潜藏十年、八年,以便你记住它
你记不得它,因为镜子没有暗斑

它抬起头,咻你的脸……
这都不可怕,可怕的是它眼里

露出你和你的镜子,养育得太久
心也失去了鉴别力

它纠结远处的岁月,你以为已经烟散的
回声,现在变成弹片

如果你逃离,只有逃离自己
如果你大声喊叫,又喊出了它的声音

你和它干杯,为它屡屡的胜利

功课

拿自己的血干杯,使它少一盅养分

2017 年 6 月

声音

"生活多美好,你应该歌唱和赞美。"
他们说。失去一个黎明,两个夜晚作代价,
这个时代的偏头痛像一个光荣标记,
需用尖叫或轰鸣来治愈。

十字路口上聚集着多声部灵魂,
总是诧异,无比诧异。日夜张大双眼不够看,
膨化想象力也追不上:
"看吧,它是它自己的粮食!"

把恶当作助长剂,需在血里养一把剜刀,
认出它们。会不会有这么一天,
发声的也厌倦于无效的呼喊?它们指着我们说:
瞧,老的已故去,新的多稚嫩。

年轻人的话剧在对面房间里排练,

　　　　　　　　　　　　　　　功课

我们立志打进"新生活"酒吧内部。
变成孩子跃上台阶，哦，那是后台，
一道帘缝后面，裸臂女人耳环一闪。

我太晚来到这里，红果落入草丛，
一条瘦河唱着瓦砾之歌，声音中有
成吨的生铁和黑曜石。眼里的到了喉头，
还要多久，果核才能腐烂成为泥土。

2017 年 10 月

无题

天就要凉了,他去和生命中
最深的东西相遇,不会再回来

镜子,那个人到哪里去了?
我们守着他喊出的那个词。

镜子,那个词到哪里去了?
我们守着水银相框。

该怎么做? 镜子,
你告诉我,冰,火

一些东西蹲在镜子背面,
忧劳的大地,卸下翅膀。

2020 年 6 月

功课

提醒未来

我们需要记住，这样的时刻是
迦梨陀娑的"针尖才能刺破的浓密的黑暗"①
是安娜·阿赫玛托娃的"俄语有点不够"②
我们的无知，正从因果的杯子里饮水。

死亡分开了生者和死者，也在生者之间划界，
一个声音提醒未来：眼罩的工程大于口罩，
而囿于笼子或巢窠，见证缺乏大地的光线。

2020 年 4 月

注释：
①出自迦梨陀娑的诗《云使》。
②出自阿赫玛托娃的诗《对你，俄语有点不够》。

辑四　　漂木河

大禹渡

山西省芮城县志载："禹导河，息于此，后人思其明德，建庙于峪上，遂名彼渡为大禹渡，以显圣迹，永不忘也。"

一

至夜，头颅沉重，腾空它的内部，
今晚我只想容留风声——黄河的风。
需倾听，辨认，析出扬水工程的机器声，
晚归大船的鸣笛：那船载着人、货物和车辆

与长城、长江的风声不同，
载着万吨货轮或养育船工号子的不同，
不羁的苦难，制造者也是承受者，
湮灭和沉埋，给予者也是剥夺者……
我怀疑枕中的风声，沉淀成了听不到的
细粒——需要磨尖的神经太多，我总是迟到者。

如果有好运气，大禹或定河神母
会给梦中人一个暗示，对应四千岁的神柏。
那些枝干由岁月拧成一股股麻绳，
几近断裂处，其实韧如铁丝。
那些参差，像无数个念头凝成一个，
斧钺和雷电也慑服于它的信念。
我见过很多被封神的古树，宛然一座
会呼吸的庙宇，人们相信，
长寿具有教科书的意义，和它们建立关联，
不是一次对应就行，虽然我学习把词
锻造成鞭子。

二

早上起来先看黄河，冬日晨光中，
比大片滩涂更赤裸。宽阔处涣散，沉默，
专注时收拢，凝视自己。它不依赖简洁也不
信任深邃，它在重力和深度之外，
超出任何裁决或象征。

站在大禹时代的河底，望上去，
他在黄水边上蹙眉，这个以天下为家的人
种柏树以观察水位，凿开父亲鲧堵水的堤坝……

　　　　　　　　　　　　　　　　功课

伟大的先知,用厚茧读懂了水性即万物之性,
在劳碌和担忧中认识天命;他知道
这块土地上有多少成熟的种子
在寻找土。

历史塑造了多少神,黄土的黏性
正好为他们塑像,泥雕洞里,
西晋的手艺已经被修复掩盖,
一个影子在洞口倏然一闪,那是昨夜的梦:
一个人挥舞两把大刀,让它们互砍,
在火星中吃刀刃,向看客展示刀锋上的缺口……
在神祇与魔法之间,针尖的差别往往造成
天和地的距离。

神秘像宏大一样检验人的定力——
收到上天讯息的大禹张开全身毛孔,
不被大河的轰响击蒙。这是新超现实主义——
给浑浊的机会主义者一个
响亮的耳光;给缔造者、续人命脉者
一个清澈的回报。

2019 年 12 月

蓝蘸着蓝

村庄养白的云朵飞向龙首山
当灯光簪上山垄和沟坎
星空西倾,满树星子摇落
呼应诗人们点起的篝火

"将通灵引入诗学可能是一个
贡献""写诗就是还乡"
"诗人的地域还包括身体与内心"
火堆前跳跃的人像巫师

女儿说,一粒米上有七个神灵
这两棵连理千年的娑罗树呢
当我揖拜,感到上面有目光下垂
绿光暗中承受了神秘的聚拢

大旱,打卷的玉米叶舔食着自己

功课

一样的情形：老妈妈独守柿树下

一小片阴凉

我曾在故土辨认神灵

现在由神灵认出了异地的故乡

2015 年 9 月

在渑池黄河丹峡

掉队者听到了黄河的耳语
此刻在秋声杯中，从城里来的人
等待被发酵，被端上云峰
或者作为献祭，进入自然之门

飞瀑被管理员特赦，是因为
艺术家的名声。在达至澄明之前
我们攀折万物的闪电
插在靠窗的花瓶

湿红将山径延长
仿佛掏空了画笔和词语
仿佛一条燃烧的洞，通向另一时空……
进入一幅画就像脱胎重投

最终被黑树干托稳，如一梦方醒

功课

空中与地上的都有了来历

下山后，词语仍将居于岩石深处

将路过的灰尘，改造成一小撮泥土

2015 年 10 月

绛红色的鸟鸣

今天,我带回来绛红色的鸟鸣
就像刺玫枝结的浆果
在亭子边,椿树枝上
落叶的地方都变成了眼睛

园丁沉缓地梳耙落叶
小树的斜影像谱线
鸟儿跳跃像音符
边上燃着一小堆火
落叶不断加入,泛起阵阵青烟

小花蕾裹着一层绒衣
开放之后,无论夜晚多黑
清香都伸出手指,路人放轻脚步
苏醒的愉悦中,一道细鞭

功课

明媚骄傲，我喉咙的霜看见
许多路通向这里，在自己的位子
被无名广延
大地像一件乐器

2015 年 12 月

蜂口

村庄有自己的命名方式,比如"蜂口"
红豆杉从村口开始上坡
河水从里面出来,簪落花,戴荆冠
崖上,大柿树住的土坯房里
排着全村七十八口空蜂箱

等待从未落空,没有人知道土蜂来去的
时间和方向
像一阵风,一夜之间就将蜂箱灌满
村人们在晨光中举起沉重的蜜栅

我经过极大努力才接近自己
而它们,离大地的声名那么近

2015 年 6 月

功课

舞钢组诗

内景图①

语言秋千荡过去,会在内心留下
什么样的图景? 悲心约等于爱
在石漫滩水库②,吹过残荷的风
吹醒我们的心眼

九曲回廊伸出语言的巧手
护住歪斜的柳根
吊桥揽住长亭,白鹭飞
《白鹭》的译者沉默,少酒
在今古的快与慢中,滤出一种沉静

白鹭的瘦胫西渡
偶露峥嵘,而"西湖之美
那是一种荒凉"。于是有出走

和茫然,对名词专注,动词敏感
此为另一新的平衡?

可唱《游园》,切勿惊梦
"往事萦怀……"而佳人有
无法抵达之迟暮。荷风撩拨
柳条便露出婀娜本性
"我们一直在抵抗,这场战争
只有自己知道。"

古即是新,老也是幼,这湖山
会不会如此阅读我们?
在现代性焦虑与忘怀山水间
我也没有学过"身段"
归于大地,归于大地
归于流放之安逸

白鹭飞

几日来睡不安稳
白鹭飞,一如往事
石漫滩的水,硬于石头
因此,有崩塌的遗址

和黑色的一天

大地之上，群鸦、墓碑和纪念塔
与诗对质。白鹭飞
而我们坠落
十万人，零点
大洪水携走呼喊
他们无名，不及嬉风的白鹭
一滴水就是一场飞翔

我们用修辞建筑新诗的名声
而非道，"我们接受这些失败"
不修辞，便没有任何可能
秋风中，我的默祷完成一场萧瑟

2015 年 11 月

注释：

①内景图，又名内经图，源于《黄帝内经》，将人体结构与自然山水相对应的养生图。

②石漫滩水库，位于河南省舞钢市。1975 年 8 月 8 日，石漫滩水库因洪水垮坝，导致数万人丧生。

梅花诗

1

好时光重新回到枝头
玻璃质的清香颤动
一种隐忍的召唤
我再不能……啊,这世界
不过是那根枝条,终将重新
递到春天额头

我从湖水那边过来,喧嚣的珠宝市场
而生发是寂静的,因你的光华
万物的元气向这里会聚

你有自己的根和开放史
透明的钟,每一片都有一个元声

功课

我们凝视：如何和你互相照耀

2

来看望你，身体里带着闪电
我们谈论你，羡慕你的骨骼
借你的枝头，一种精神发自己的光

他们长途跋涉去朝圣
如果踏雪而来
你教他们置身于自性的香气中

时代的膝盖缠着绷带
我们跑去迎接新生儿

时间绷紧琴弦，你的雪未到
我喉头滚动着雷声

3

梅，如果想要客观地说起你
我须变成一块石头

揭开河水的窗花

调好灰尘中的弦

藏起一面鱼尾纹镜子

为民谣擦亮翅膀

雨水放下粮仓

为她备下拭泪的手帕

一粒草籽在胸腔喊叫

她知道自己承受了什么

4

中夜听窗外流水声

铁色树干正被濡湿

解放出触角或新的草稿纸

水声之外，多么静

——就像红梅额头上的雪

一个人说哪怕此时将我肉体拿去

焚烧，最后消失的才是这滴泪珠

——一个人说我不知道心

功课

是何时凉下来的,没有自己的道
不敢过于严肃

酒场终于散了,他说:
你们走吧。关了车灯,没有及时承担的双肩
要在黑暗里抽搐

天晴之后,雪山切近小城
春天的生和死都更加触目

5

这是一件不便言说之事
穿过置办年货的人群
像一个人怀揣金块遁形

这花树,没什么可以将它消费——
你折断一枝,它的完整性还在
你避开它的火焰,真实性在燃烧
半是摧折半是映照,冰雪
惊叹:怎么可能……

根是地下的通灵者,将地心的热力

与乾坤的道接通,骄傲的热流溢出
在枝头的堤坝上
爆破——让它对谁谦逊呢
像一个誓言——一个完满的芳香之镜
瞬间映出某些事物的苍白
它盯紧此刻,试图隐喻更多

6

雪与蜡梅互读之后
如斯坦纳所说:多重的寂静

山坡和湖边的路都含着脚印
树上的白橡皮擦还在响
把我也算上——多声部的寂静

出园和入园的人交换轻雾
惊异于我溢出帽子的生机

这样的日子　宜于读斯坦纳
文字冷峻,伴随着咯吱咯吱——
"由内而外散发出光线的秘密"

　　　　　　　　　　　　　　　功课

夜深了，花朵撑满眼眶
雪在眼睑上一圈一圈地削夜皮
语言具有相同品质
谁也按捺不了谁

7

在生活的庙堂里，被你捕捉和表达过的
如今依然考验我们的心灵

身后那座园子，每棵树将继续你
近乎苦行的幸福之旅

"让你们的每一根线条
像铁打的那样有力，像生命那样
必不可少。

"要透过形象看事物的精神
要让大自然在指尖吐纳呼吸……"

在静默的颜料盒里
有人总感到慢了些，有所遗漏
但是什么，最终让他们得到

如此大的宽慰

8

我感到有光，正从透明的金盏溢出
灌溉一个迟到的人　笨拙的人
她相信双脚的尺寸，把理解当作皇冠
喉咙含着一场词语的雪，用观念中的爱
为时日蒙上一层光环

时光有光，你悄然修改它
只有无心之心才看得出来
日子重复自己，我们重复未来

9

你享受此刻——
启示的钟声雕刻唇线
词语清芬，随上了物的步伐
肩并着肩，给天地留下适当的距离

明媚　骄傲，我两鬓的霜看见
许多路通向这里，寺院、教堂

　　　　　　　　　　　　　　　　　　　　功课

山峦、落叶的回声,"像一块铁
打得足够薄……"不,像一个音符
嵌入整个套曲

在自己的位子,被无名广延
大地是一件乐器而非门
这种心境就像不饮之醉

2013–2019年

春天兄弟

无名小花已燃成鸟鸣
在山脊的扭动中，地下河的源头一跃
入我喉头

立春有雪，纸上寂静
双重的迟到与呼应，我和田野
缓缓咽下

时间不过是平庸的调和者
许多事物秘密相应，大雪落在父亲坟头
整整二十年

兄弟，请将这绿之酒浆捧给
永生的，因为它们，我才学会赞美你

2014 年 9 月

功课

神农山组诗

来饮

杏园就在诗人们居所后
发现与不发现都无关小口缸的事
鸟饮不留名,辨认总须会意:
地黄、益母或狼尾草
声音是春蝉的江山,为神农山签证

席草而坐,围拢来的朝霞带着
"亲切的难度",多么难得
我们敞开了词语的窄颈瓶互饮
必然是杏子多分些光,并发明了自己的密码
就像武则天和《大云经》

性情与道,枝叶与根

"对语言和生活的双重自觉,使我弯腰。"
闭上眼睛,一线光击打在眼皮上
他们有的是花丛、湖水,有的是一支利箭
和光一并来到水缸前,俯身

缆车会

我们说着诗,想忘掉深沉的山谷
于是二者都显示出某种可疑的空渺
和蝉声升得一样高了
谈话渐渐带出地底十多年的游历史和
黑暗经,发音器粘连着泥土
惧高症一层层褪掉,就要长出透明的
玻璃翅
几匹山向远处跃起,形成更深的沟
白皮松在蝉声中磨着三根针

名词先于我们,现在来打开你我
动词可以重新开始,要配得上新时代的
青襟。形容词和副词应多些戏剧性
———些事物在变异
给生命崭新的篮子,重新装满月光
语言是旧的,而唇齿新

功课

深深的理解之潭,思之潭
轰鸣之后沉入寂静……还不够复杂
因此未能简洁而澄明

寒蝉

整个它的身体,是一个发声器
四至十四年的黑暗和喑哑养育

翅膀是两面光的镜子
——只有个把月的时间朝觐光

声音也是一种统治
当意义说完,还有音乐

山腰,雾每俯身一寸
就在白坡松树干上认出新的沉重和缓慢——

"我的丰富是万物的加法
我的单纯是那个最初的'一'

"相对于发现,我的困惑更有价值
发现短暂而困惑长久

"历史在少数人身上闪耀

寻求与它匹配的词汇

相比于快乐,痛苦更需要传承"

唉,他们的深蓝色思想

载着白皮松盘旋的虬根

静息的群山开始奔跑

2014–2015年

功课

七叶树

见到时，它已经度过冰河期
脱掉了花边外套
比年轻时更高大　有温度
绿色加深宁静，在黄昏中进入默想

迟到的问候显得鲁莽
我除非立即在它旁边另起一个高度
开掘出根上的默契，沉默中的盐

安放舞魂需要更结实的劳作
这就是七片子叶排列的内因
关键在于我如何排列风暴
呼应一树白花的主脉和拐点

2014 年 8 月

1921 年，安特生①的不眠夜

那个夜晚，我猜他这样给国王写信：
"……我在一个古老的国家向您致意。
最近我改变了想法：
未到之物已在眼前，而时间的井在深掘
如果不在井中踏浪，我们的生命
不过是这上面的浮沫；
'井'中一日似人间千年，
我爱上破碎之物——这时间的长城，
如果没有它们谕示，我们不知何为
荒原；每天我发现自己旧，又因此而新，
小，但不虚无——我学会使用中国人的思维，
虽然感觉他们认识论的步子大了些。
从北京人的牙齿到龙骨，
篝火前庆祝丰收，领受无尽的灾难，
那些在彩陶片上舞蹈的人中有我！
陶片上的稻类像醒酒器：时间活过来，

功课

吐出饮过的大风——我重新发现
自己,这风未尝不夹带着大洋……"

仰韶村的空气在发酵,彩陶坊酒厂的仓库里
上千个大小陶罐蒙红盖头,捐大红喜字,
等待时间造就。罐成于土和火,
九粮的萃取物正可在里面自由呼吸,
古朴的技艺充满神秘的拐点。
酒的生命力首先体现在,所听音乐的风格
决定了每罐酒的风味!
有人在醉中重识自己,我着迷于冷凝,
中国古代的酒神们或醉于忧虑,或醉于心碎,
但文字都带着水中火,火中土。
车间,酒液和包装盒的生产线在工人面前流动,
巨大的甑锅上空,笼罩着粮食内部的水汽,
它们在混酵后二次笼蒸,直到酒液清亮如
历史的眼睛。醴泉水已枯竭多年,
其可口度与渊博深奥已蒸发成传说。
扒拉遗址的土层,轻易可捡到陶片,
花纹粗朴,像随时可以融入西山或大地。

2018 年 12 月

注释：

①安特生，瑞典地质学家、考古学家。1914 年被北洋政府聘为农商部矿政司顾问。1921 年主持发掘河南省渑池县仰韶村遗址，发现仰韶文化，揭开中国田野考古工作的序幕。

功课

吸水石

石坡湾村的吸水石你可以挖起,运走
让种子在上面发芽
但无法带走与五封山呼应的部分
你观赏的翠绿躯壳是美的
但她钟声般的灵魂养在禅林院
那消失多年的钟声,残损的佛像
她曾坐在里面冥想
夜已深,她的孩子无法入睡
若让生活来一次迁徙,意味着舍掉二来
获取一
那么第一封信可以这样写:
我是在一幅画中使用词语,称呼万物
……我这棵山枣树
选择了诗,蓄养了应有的红果和刺
山水教的嘱托和遗言愈来愈听得明白
因为那场沐浴在等待应答

你已经成为你自己，但某个时候你醒来
明白自己的某种成分搭在另一处
今生必须前去会合

2014 年 11 月

功课

漂木河

这是一条大河,饮马,洗靴子,
喂养鸟鸣。漂木在上游是绿光的游戏
中游,法则和护身
把下游变成一场等待

靴子和林子是另外的空,我们用风声
腾出一部分,容纳积叶和大雪
世界的嬉戏从裸睡的根部开始
因为了解,我们互为声音

——我们互为内部,就像日头在树中
词在祖国中,不乏保守和激进的翻滚
头顶上的天,是天命,天道,天意
落到地上是天赋,天才

脚步声在林子里像空手套

问候最早的鸟鸣
漂木沉重,滑行却轻盈如呢喃
他丈量它们,用单音词脱去枝叶

一天护林人开始讲童话:
是的,我把漂木河移到天上
失去了它的汛期……他把灯光译成月光:
认识有,总是困难得多

2019 年 10 月

功课

石壕村

李白赠诗说"飘蓬各自远",
杜甫一生都在路上。据乱世,
若把心做成火炉,诗就会像精钢。
那晚他到此投宿,
敲第一家门,然后第二家。

读杜甫一年,才触到他诗中的土壤、
气候和收成。百年苦歌,知音却
渺如故土。这个以拙为荣的人,
在大地上种出天空。
暮色和暮年,除了诗都成竹篮打水。

也有春风拂面,蜻蜓款款,那是
浣花草堂,短暂的安宁提炼了
万物的蜜,深情是通灵之眼,
他从祖上那里早确知:一体同仁

是天地多大的道。

石壕村、绝笔中的小舟都太偶然，
时代也还稚嫩，辨认不出
麦子色的诗篇，而今有几人懂得悲慨？
沿着一个信念的斜坡，我的心
缓缓上升。

2019 年 8 月

功课

在千唐志斋①

读一读碑文就知道，这里的逝去
像皓月蘸着清风，他们活着时，
男仗剑，或者夜观天象，
女抚琴，或者填一阕春词——
也只有石头载得动这些字划。
无数块碑组成一个黑灰色天空，
字闪烁，令你瞬间只剩一具躯壳。
驮碑的龟扯着唇笑，
头脸被手摸得溜光，冰凉。
沿它的目光望出去，院中月季正开，
垂柳荡到玉兰的腰际。

死的缓慢犹如生之艰难，在古代，
足以让石头生出宝座莲花。
因此两种时空的人得以穿过生死，

见字如面。

2019 年 8 月

注释：

①千唐志斋位于河南省洛阳市新安县铁门镇西北隅，张钫所建，是中国唯一的墓志铭博物馆。

功课

林中

鸟鸣刚饮过三月的雨水，
比竹叶上的露珠圆润。
在荒野住一晚，住一晚吧，
念头一出来就是巨响。
黄昏不是象征，你无法使用一个
已过期的密码，让活着像是一场
解线团运动，但可以给自己造山，
沉入某种无名的攀爬。

隐喻的象鼻山喷出水柱
如思考的形状，当光不再是一种溢出，
星空的辩解多么苍白。它不会向你道歉：
汲引了你那么多心泉。

很快我们就知道，离那口井
还远，离全身浸透冰水

还远。死亡不是终点，悲哀也并非了悟。
在生活的镜面，一枝干莲枝擦拭
时间，一天有人接收到了外星人的
神秘信号，然后告诉我们，
对世界所做过的探测其实如游戏。

渐渐我熟悉了每棵草的抒情方式、
鸟鸣的粒子构成，晚霞中登上返城的台阶
回看，不相信曾走过那么深的幽暗

2019 年 10 月

　　　　　　　　　　　　　　功课

阁楼

——记梦

站好了队，我们鱼贯往上爬，
台阶很高，窄长的过道像一次筛选，
对于利益和得失的计算失灵了。
一对男女坐在长凳上边弹边唱，
男人身子被声音拉直，
脸上挂着一道严肃的悬崖，
——两条试探大地体温的河流，
或者被河风荡起来的柳条。
周围的东西飘起来，又被按下去，
各自找到了更恰当的位置。
就要卸掉了我的灰尘和盔甲，这歌声。

随后过来了井，他仍没有认出我，
我也在琴声中和自己陌生起来。
另一架琴旁，几个女子开始跳舞，
一个人在高音中把身子一仰，

头就伸到凳子底下,柔软的技艺
赢得众人喝彩。一阵眩晕般的自惭
我重新考虑每天使用的词,
还没有被更狠地锤炼,也无法凝聚。
这就是未获解放的美或者道德,
离真只差"砰"的一声。

因此我用音乐写信,文字编码的音乐
像天书,读到它们的人又面临新的旋涡。

2017 年 9 月

功课

2013 年夏,雨中塔

早上的雨水,寻找下午的斜坡
晚上的降落伞
夜里,就从一座塔上往下跳

塔角的铃铛怀疑自己就要喑哑
落了锈迹,但信里还有高嗓门:
我要将陶渊明读出现代意味

这样塔就将自己提升到了
人类共同体的高度,铃铛就可以
对自己说:瞧,你并非独自一个

被掩埋的尖叫在树根下发霉
被治愈的人,从某个中心地带回来
带着鞋底的泥

两年来我侍弄药罐,它溢出
抱怨的泡沫,我尽量从容:
火上没有什么在蒸煮

从家到散步的广场
就像雨水从叶子的正面到反面
就像从一声喊叫到一个叹息

2013 年 7 月

功课

村庄

融雪拍打木门
月亮的半只脚踢着羊羔的小腹
村子在它们的瞳仁里进进出出
"还有余生可以弄弯时间。"
我们在村头遇到老者
提着双肩在田埂上一朵一朵坐下
仿佛是对去年的抄袭
石山围成摇篮,水库在其中吐息
全新的目力落在万物之光中
看作是自己的源泉和未来

山岭间,在枝头上展开的
也被词语天线接收
在词上露出的,也被雷声和雨水摄藏
现在这些芽苞狭路相逢

等待新一期疑惑降临

2015 年 2 月

大悲寺

1

这些从藏地来的眸子一半湖水，一半天空
看它们像过一场泼水节
上师让他们到汉地来学文化，以便
坐到更多讲经堂上

清明这天小雨，有风，转经筒不动
寺院外面，左桃花右苹果花
将落和将开的，不动
流浪狗吠过之后，蹭着灶台卧下来
孩子们的课桌板凳在佛像左角
一扇木格窗把持进来的光线
因为调皮，斯朗让布被师父罚磕五十个大头
酱红色面孔上的眼珠像黑珍珠

我给他们上阅读课，"是什么导致人和人的不同？"

他小声说："信仰。"多吉则指一指心脏

我问斯朗让布："让布的藏语是什么意思？"

他不知道，益西降措知道自己的：知识海洋

不知道的还有尼玛吾热

邓珠不大说话，偶尔露出迷惘

"想家吗？"他收回目光：想！

尼玛的爱好是骑自行车，为什么不是骑马呢？

骑马太平常啦！大尼玛则喜欢"打足球"

至于足球的打法，他羞涩地把脸埋进衣领

土登根呷说："我用藏语想问题。"

他们都点头。他又说："我用汉语写作文。"

他们都点头。七岁的多吉给我起名：斯朗白玛

意思是福莲花，他答应让我骑他家的马

以前养在厩里，现在养在梦里

2

根呷接过书，跳跃着上台阶

其他人次第从一间侧房出来，系着

枣红色藏袍上的带子，一跨进佛堂

脸上的羞涩就换成自豪和欣悦

诵经比歌唱神秘，宽大的僧服扑倒，像群鸟振翅

功课

不会使用标点符号的尼玛这会儿愉快、自得

多吉偷个空子,扭头偷偷看我

让布的袍角总是从肩头滑落,他用牙齿咬着

将它叠成三折,熟练地塔在肩上

衣服的酱红深浅不一,像一排高原的花

烟贡开始了,多吉要求拿彩幡

但是他没系好腰带,便一只手提着

引起一阵窃笑。法号吹起,食品送入灶膛

多吉将经幡插进瓶中,在自己的语言和仪式中

他们回乡

3

出完差我登上火车,一双眼睛一闪

我看见尼玛紫红的脸膛,"我们回家。"

他涨红了脸,用力搜寻其他人

下车的人堵住了他的视线,这是我们见的最后一面

我拨通寺院的电话,那边说,他们的确是回家去,

"因为政府有了规定……"

我去取书,看到他们的作业本还在,

一连串歪扭的汉字,其中一个封面是这样——

学校:龙的学校

班级:龙的班级

姓名:龙的传人

2015 年 8 月

功课

马河口

两个失眠的夜晚可支付一次
回乡的亢奋,当年两条腿迈出去
现在回来整个身躯

把一艘船从五峰山的影子下拖出
富于时间,也更缺乏时间
盛夏在寺院活过二十一天
"净静"这个法名深谙人间的喜悦
树影摇晃,杯子在两种力量中定下来
成为源头,沉重地漂浮于生活
爱使人免于成为工具

在黄栌的火把中,突然间变得透明
岩石活脱水墨的副本,青气下沉到河里
鹅颈在水面铺张乡村的白银时代
白皮松　红豆杉　绿兰紫石的调色盘

可不断调整血浓度和燃点
源头解开缘由，面对高权上的鸦巢
我掩藏起卑微的快乐和有根的凌厉

2018 年 7 月

功课

吉家村

1

亮花一眼认出石缝中的泥马
十九岁从卢氏嫁过来的她问:
吉家村怎么没人姓吉?
她男人告诉她:过去写作"姬"
现在这是他最古老的学问

她用油纸将泥马包好:
"粗心的老柴头看不好庙门
可是我现在要去田里,有空了送你回去。"
出于提醒,泥马让她小孙子的屁股蛋儿痛

老柴头整日里搔着头皮:
"若把这几尊神像卖给旅游区

我岂不成了村子的罪人。"村干部拍他肩膀
叹口气没有说话
搬最后三座大像时，村民们围过来
一副副膀子围成了铜墙

2

终于，我们登到了鸟鸣的高度
汗水如三根针的白皮松闪耀
一团云从对面山顶向这边喷吐
表彰我们对古树的发现和命名
我仅认得时间在树干上的旋涡
在山梁上迷路定是天意，现在
背靠着这位老者，我们像几只
偶然的蚂蚁，敬拜一番之后
将一片字放进深不见底的树洞：
"愿您安康，保百姓平安。"

它的深根正通向我们寻找的洞沟寺
远处传来不知哪个朝代的鸡鸣
这才是可疑之处——
当我说起"我们的时代"……

功课

泥马被亮花送回来后,又不知所终
作为爱和虔诚的溢出
方圆几十里的香火遗忘了神像的缺位
缺就缺着吧,人们相信别的存在
——名无名之名,在不在之处
我也将摸索遍这片古老的山水
以便明白身上光线的来源

2016 年 6 月

夜半号子

"一二，一二，一二……"
凌晨两点半，人们在抢修发电机。
多年前，在某公园，我看过人们表演打夯，
像要抬起一根顶天柱，号子声勒紧
男人们的胸肌，青筋鼓起像
一直也射不出去的箭。
抬木头，喊号子，唱船歌，
日头下汗流满面，但没有种子下田，
也没有哪只船航行。

观众的知识被丰富，也感到别扭。
他们明白，将来人们会表演更多，
需要表演的也更多……

"一二，一二……"没有停歇的意思，
也许并不是抬起某个重物那么简单。

功课

天一亮人们忘记这件事，
发电机和号子声像一场梦境。

2016 年 9 月

永济,永济^①

普救寺莺莺塔前观婚礼表演

出西轩,绕塔后,下十三级石阶,
击蛙,回声清脆像从空山出。
我并不奇怪这种手法,就像莺莺塔的文章,
不这样做又怎么风行过原名舍利塔^②?
不过既然念旧,又怎能不念起
唐代元大诗人的爱情风格^③。
表演婚礼的人下场了,
离开灯光的珠衣比卸妆的脸暗淡。
戏袍里面套上牛仔裤,她东瞧西望,
找到等在一边的丈夫和孩子。
刚才的新郎嬉笑着搂住女友,
导演在后面叫:收起你们的表演服。

功课

每过一个节目，台下就多些这样的情景，
观众都专注于舞台，只有站在外场的人
忍不住一声低叹。大殿门口露出僧人的衣袂，
诵经声平静如挑檐的风铃。

铁牛

蒲津渡的铁牛是火生的，
敲掉蜡模后，许多炉膛将铁水
喂入泥范，许多炭火煨着，
使铁水顺利抵达，形成骨节。
风箱上的油泥滴沥着汗水，
日头禁不住映衬，惨白了脸。
火生的铁牛怒目，竖耳，尖角，
凝聚在肩胛上的骨力沿着
颈项的肉腱传到前蹄——
因蹬得用力，深陷进展台的水泥地。
与野性之河对峙，牛鼻怎能不
严肃到愤懑；同生的铁人眼仁暴突，
攥拳，"三十年河西"的无常，
没能虚无他半分。

但黄河一移岸船就漂远，

凝固的愤懑像过期船票。
一拔出历史的淤泥，铁牛就面临一个难题：
从地锚到地标，有多少人了解力量的凝结和
价值的虚掷

鹳雀楼

我们在王之涣的雕像旁摆姿势，
他一手卷一手笔，飘起的广袖
象征着诗思飞舞。
我觉得远望捻须状更相配
"白日依山尽，黄河入海流"的句子，
而我们无论怎么设计，都无法表达出他的
"欲穷千里目，更上一层楼"
事实上，千里之目所见到的真相是
更孤清寂寥，因此很多人乐于止步。
说到这里，鹳雀楼其实正是诗与生活的关系——
关键在于，是什么样的生活
在试探我们的勇气和智慧。

2019 年 10 月

功课

注释：

①山西省永济市。

②莺莺塔的原名。

③元稹所作《莺莺传》被王实甫改编成杂剧《西厢记》，一场爱情悲剧变成了一出喜剧。

分层术

正是永恒的丧失导致了真正的当下的丧失。
　　　　　　　　　　　　——约纳斯

滑县大集街,青石板上,听
木屐　草履　靴子　从时间门缝泼出去了
高跟鞋在另一些街道制造旋风

门不在乎是否牢固　铁锁已将钥匙抛弃
剥落的油漆是靛蓝,工人在一间票号做
最后一道工序:使新门窗变旧

古巷的三道门开着,我瞥见一树做梦的石榴
墙边怪异的眼神一闪,时间稻草运来
青铜器般的沉默

古运河枯了,文字的洪流在安阳中国文字博物馆里

功课

插上现代的肋骨，那些可爱的象形文字啊
所谓"美"，就是一女子翘起高高的发辫

陶器　贝币　战车　人和动物的骨架
从洞穴出来，脚底暗自分层
轰隆声不亚于时间开启永恒之门

从墓穴出来就不再害怕枯骨了
在时间的故乡，能否解开时间

2013 年 11 月

商丘,木中火

1

木中有火,有什么比这个发现更
善于发现? 火有种子,就像人能繁衍,
还有什么比这个责任更像责任?
至于器物、币和秤,不过是火种的外延。
燧人氏塑像前,诗人们拉动木钻,
力道不足,只秀出来几股歉意的青烟。
如果是新年,这里排起取新火①的长队,
而老家的风俗是,元宵节晚上打着灯笼,
将火把送到沙河桥头巨大的火堆中。
年幼时不知它的含义,惊异地打量那些
通红的脸,他们眼睛里的火苗
比燃烧还沉静。

功课

2

唐宋盗墓人留下的工具成了文物，
时间的赠予超出人的想象力。
两千多块条石封存起
一支骨笛——仙鹤小腿骨做成，
想必有松风朗月之音色；一具尸体——
身着玉，手握玉，口含玉，头枕玉；
武库、厨房、浴室，盆盆罐罐。
由朱砂、云母、绿松石绘制的图画
虽假尤真，权贵的死亡精密，
滤烟宫灯伴着清秀的仕女俑。

后来我们不再分辨燧人氏、金缕羽衣
或庄子故居的真伪，打包到相信里，
意味着更成熟的现代性。

3

对时间的信仰，可归于对源泉的痴迷。
圣人那里有一匹马的时间，伟人那里有一车皮。
万商广场地上铺满"商"字，
除了各种字体，还有一种叫"名人写法"。

这片土地刀剑过,犁铧过,野火过,白蛇过,
仙人与神智在大泽中相遇过。

在波尔山羊竖起的眼神里,慎用动词。
餐桌上,布罗茨基的另一种读法
使我以为要用墨水才能记忆。
民权之酒要收官了,浩然之肚起了诗兴,
一个貌似能清空记忆的人,此刻脑子里
装满风声。

4

进入民权县,一位老师说,
也许这附近还曾有两个对应的县名。
在庄子胡同,我们各自丈量了逍遥,
用冲动的句子向庄周致敬。人们以为
逍遥游的魅力大过木樨之执着。

庄子井覆有盖子,看不到内容,
这样的寻访总是不甘,找到草丛中的
庄子故居碑,也未见得完成了内心山水之一角。
庄周陵园在另一处,康熙年间立的碑前
落满鸟粪,仿佛宾主刚结束一场

功课

愉快的谈话。

5

出村时,我们讨论了高粱和玉米,
芝麻开花像踩高跷。
想来只有这部芦苇风无历史,
当游弋变成冒险的冲动,几只野鸭挣开水面。
群鱼游过来,动静大的那个
最沉稳,我们的目光使水面倾斜。
影子的功课繁复——谁能从光线的复制中
脱身? 风景之细节犹如生命之日常。

6

说到黄河易道,"我们这把年纪,
还能接得住幸福吗? "他善于深入事物,
赋予思可靠的形式,这种无须鉴定的自在
闪电般迅疾,大雨般滂沱。

说到兄弟,谁说女诗人就不是兄弟呢!
以诗为故乡、发明为食物的兄弟。
我必须从他们的光上

移开眼睛,诗歌的友情最忌模仿和重复。
但某个关注点,一个隐喻或愤怒的标点
就吹响集结号。诗教会的,
什么也夺不走。

2019 年 8 月

注释:

①古时候,每当春节来临,商丘燧皇陵一带的村民有到陵前"取新火"拜火仪式和"添新土"的习俗。

功课

雪山

婴儿呼吸般,淡蓝地起伏
向左边走神,就会骑在不动声色的奔腾上
向右边,就跌落进白色咏叹
苍绿的腰带恍然可辨,赭色的梯田已经失了身份
从照片上看,我向空气伸出手,是想抚平
被雪供出来的皱纹

这冷极的热血,像雪也会燃烧
跌宕至气象,就不必在意林木的布局
有多少旖旎,它也是在俯伏与跃起之间:
沉默还是呼啸,此刻还是下一刻

山神庙的对应有点儿突兀,下山的门虚掩着,
香烛俱全,请允诺在梦中相见
枕着雪山,谈一谈距离与理有至味之间
还有几段香火

车子轧轧驶过,缓慢如驮着山体
我打量手指关节——开始下雪,造山
要我立刻对应,拿出一个精确到浑茫的
尘世

2019 年 11 月

功课

万斛园

泥鳞的光温湿　凌厉
我赠它水种子　微汗
它放大我的无知和幻想

春天,荒地烧喉咙
植物的生日恰可作润喉片
半边头发都白了,内心还在发芽
此幼稚病只有暮色能够拔除

曾被蟋蟀王偷去声音
而铁锹的银光不白说话
田种到第五页
修辞马车倏地窜到雨点前面

没错,土里有土
可是它文有四季的脸谱

劳作即修辞，唯有诚能缝补三生
悲世的时装

是啊，水还是水
它信任土里的土，种子节奏黑暗
但可吟可诵，大化之下都可跑成
审美的马车

日子泛着通货的菜色
时间却没有膨胀。一出土
芽就由意象变成形象
想象也变成对视，可以兴，可以怨

我分辨着土壤上的新现实，比如超然
土是旧土，但我们可以拍一拍
彼此的劳碌：又一次
获得了真实的休息

2016 年 6 月

苹果园

看这张图:整个星空垂向苹果园,
红果像天幕下的星星……
拍摄者告诉我,这样的机缘近乎神赐:
果子成熟,色泽当丽而不艳,且正面相向
叶子疏密如同水墨浓淡,枝条要虬而不乱
在这一两周时间里,必须是月初或月末
月牙未生,启明星亮如水晶

三天? 不,也许只有一天,不可下雨
不可刮伤疤样的风,不可感冒流涕
不可有野火,不可贪杯或怀远人
微妙的精确修正着高山的冷峻,如果
观察的广角镜头捕捉住确定的火焰……

2017 年 8 月

海上焰火

海水的干柴，夕阳的打火机
大鱼跃起是惊心的一按，火焰撮起
急剧变换的红和蓝，在血红滚圆的
夕光中生灭；泼溅的金菊
骄傲的出世之姿比使命更急迫和崇高
你原不知道它们是这样的旗手
血液赶制七十二管油彩，仍没赶上
下坠的节律，惊呼间熄灭了
沉寂像陷入回忆
自此你像大海般深信，奇迹的匮乏只是
事物之间缺少一个机动链
比命运更生动，神秘
自此你可以安心地使用海水冷句
埋藏起更多火焰

2019 年 2 月

功课

游龙梅

把我摄进你的铁枝里去
今天,我为我们感到悲哀
你的防风通圣丸和扣水法
不适合我,伪春风的磨损使舌根发硬
阅读志怎能赶上荒芜的速度
这是一种两难:既不能像杜子美那样
走乱世的空子,又不能如白香山般
扎进中隐的安乐窝
把身段扭曲成十八盘,你的花朵仍那么鲜嫩
以至有人以为,你必得霜雪的滋养

如今只有写诗能克服一点儿荒谬感
西风越恐惧,鞭子勒得越紧
而我们,试图在斩截的伤处长出一只
傲慢之眼。做盆景的桩材很多,病态与畸瘤
最具审美价值,要会使用球形剪和封口胶

当然更重要的是眼光和时间

游龙梅,今天我只为我们
难以抑制住悲哀——巨大的霾
考验着我们的耐性

2019 年 2 月

弘农源

紫石上的水纹线,比真水更显身段,
山体嶙峋出古诗人的风骨了,灰白荆条多么瘦,
而河边雪水下,藏着一窝呵气的水榕。

未进入那条河流,我们以为两山的距离
相当于从理性到智慧,而高山的烟霞屡
校正了这一点。

崖上有古人咏兴的痕迹,空谷宁静如皈依,
偶尔,方便法门冒充了光,破碎之物闪出
小旋涡让人眩目。

村道跑出一群幼童,像是去年放进古树洞的
那封信发芽了。

2019 年 3 月

后　记

　　就像博尔赫斯对萨瓦托所说："基督被钉在十字架上是事后才觉得重要起来的。"人们虽总后知后觉，但这一年太特殊，诗人们意识到一个巨大的课题：如何更好地表达。前几天在郑州"钟书阁"书店的谈诗活动中，正好森子先生以"当代诗的前瞻性和后视镜"为主题作了论述，在臧棣先生令人瞩目的疫情诗中，我发现他巧妙地让主题向人的终极命运踮起脚尖。

　　这时整理八年来的诗作有一种奇异的感觉，它们切近又遥远，像是一次回顾又像是一场告别。时代像一条大河，我望着它——多么奇怪，它既内在又外在——不知道自己是否漏掉了什么。对于人的精神状况我稍有了解，但对于世界的知识像一个天真的孩子。不过，我们不是应该抛掉过多的知识吗？

　　就艺术的本质来说，反映自己的时代，不又是一种创作目的论吗？说到写作的目的，是因为它可靠地克服了时空的有限？是因为它引导自己在生活中成长？为什么我会感到，只有表达好了，生活才是"理应如此"和感到欣慰？如果我表达好了，是否意味着我对生活的某种"胜利"？

一天早晨我忽然想到，诗意就是空间感，表现在词与词、词与物、情与思、技与道等之间，总括起来说，是心与言之间的关联性。诗意饱含戏剧性，是对万物构成关系的深度凝视。

诗和生活的关系对于我，在第一个阶段是生活和观念、词语的关系。词意味着捕捉，对新鲜的思和观的挖掘，是对事物命名的一部分。一个新词会带出思的闪电，会刷新声音，但稍一过头就会走向反面——心灵有其自然而然的运行规则，语言是前去会合。这种感觉在读了六位古典诗人之后更强烈了。我用五年多时间细读了杜甫、白居易、苏轼、黄庭坚、李商隐、元好问。之前我曾问自己：读古典诗也不少，为什么没有吸收到多少能量？后来我明白了。生活对于古诗人，是理想的人生境界的实践，诗与自我的关系是修行，因此个人史、生活史成为可能。他们的诗学中经常出现一个词——情性，杜甫和黄庭坚那些貌似难读的句子，一旦置于他们的生活之中便极亲切感人。那些诗更信赖汉语的声音、气质、味道。当然，这关系到不同的语言系统。

在与生活的互文中，诗需要处理不断到来的困惑。在繁复和沉重之后，我想到性灵，想到那六个人对于"生命的感发"，在他们那里，诗是个人的，却脱离了个人性，它们首先不是情绪，其次不是观念，而是最大限度地开发出汉语感发的力量，他们的沉痛可能表现为轻盈，透明。在语言的策略上简洁,在主题和篇幅上丰厚,那是飞鸟的轻盈。我希望自己的写作更有温度些,在变化中更多生成。这种生成处于悲哀与信念的微妙平衡之中。

再后来诗与生活的关系是思与行的矛盾。思即是行,然而毕竟易于"干涸"在观念之树上,现代诗过于智性可能与此相关。诗人来到了另一重矛盾前——在内心生活与现实生活之间,责任与重负时常带出困惑的暗流。责任对于写作也许虚妄,但对于生活,却意味着无限的张力,其中还掺着勇敢。

我觉察到想要写得清澈和透明的难度。生活自身变得后现代和隐喻化。《王荆公诗注补笺·书八功德水庵》的注解中引用佛家的"八功德水"解"清澈":一甘,二冷,三软,四轻,五清净,六不臭,七饮时不损喉,八饮之不伤腹。"八功德水湛然盈满,清净香洁,味如甘露。"以这种至境说水,不如说是说心,大概有清心者才能发现清泉,心至清也才能发出金石丝竹之音。我想到读书时的一节美术课,那天老师带我们去田野写生,我画了一些石头和树,老师走过来看,随手拿一根草秆沿着我画的树干一侧一擦,树立刻从纸上站出来,开始呼吸。

人在生活中的一切问题,其实也是诗学问题。写作的小聪明往往会掩盖生活真正的诗意。同时,如果信赖诗对于生活的审判,声音就必须一再地审慎,公正;如果把诗看作是证词,就既不能缺席也不越雷池。在这个意义上,写诗就是诗人的行动。所以一个人五十岁前可能在写诗,以后可能就是在

功课

写生活。也许只有在这种意义上,诗意的生活才成为可能。

　　诗和人的关系,取决于人之于命运所建立起来的关系。命运感还是哲思,可以分别出两种诗人。能带来命运感的是句子,句子对应的是风格,即语言的气质、个性。命运感对于写作,就像大地和树,大地不是我们已经发现的部分,而是未知的,无极限的。

　　人们总是借助亮光才看清楚黑暗,丰富之后才认识贫乏,因此"敞开"(包括闭合)是一项最基本的运动。叶芝的诗《词语》这时在我耳边响起:"终于 / 我亲爱的人理解了这一切 / 因为我已经进入我的力量,/ 而且词语听从了我的召唤……"在这个特殊时期,我把这句诗献给心中的祖国。

　　　　　　　　　　　　　　　　　　　　　　2020 年 6 月